亀岩奇談

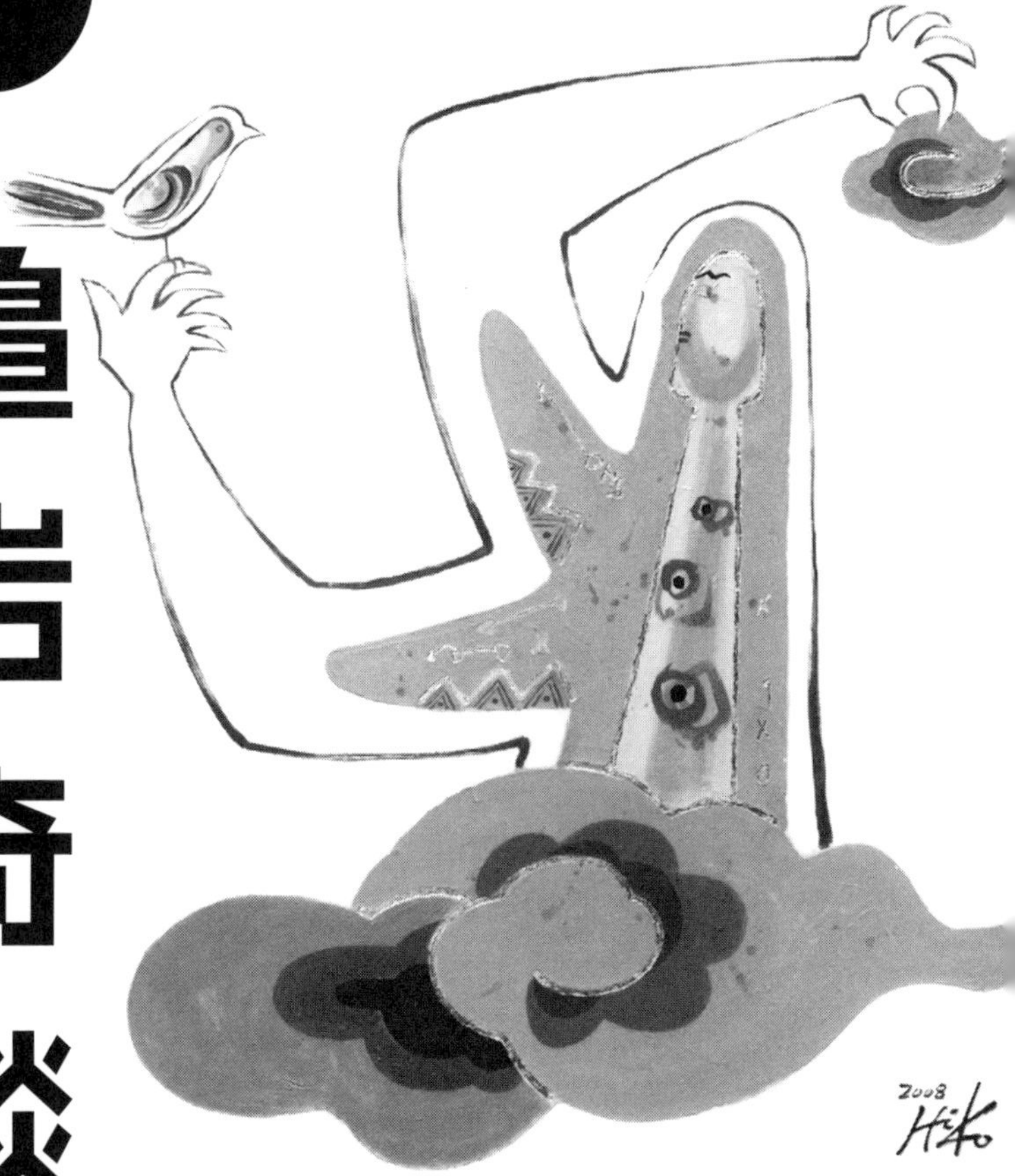

まえがき

友人の名桜大学前学長の山里勝己さんから「古希を過ぎたから自伝小説を書いたら?」と勧められた。アメリカ大統領は引退後回顧録を出し、数千万円の収入を得ているという。金額に心が浮き立ったわけではないが、ゆっくりと自分の誕生から古希までの時間の流れを振り返ってみようと思った。

中学一年(一九六〇年)の夏、アイゼンハワー大統領が浦添村(当時)城間の軍用一号線をパレードした。オープンカーから(私に?)手を振り、アイクスマイルをふりまいた。しかし、世界一の権力者をただ見たというだけでは自伝小説に書く意味はさほどないと思った。私の「劇的な人生」はすぐには思い出せないが、古いアルバムや日記のようなものを探し出したらどうにかなるだろうか。

大統領は回顧録を書くとき、祖父母や父母の話から筆を起こすようだが、私の父母の話はどうだろう? 終戦直後、山中から警察官の父が戦争孤児を焼け残ったヤンバル(沖縄本島北部)の公民館に連れてきた。母は泣き叫ぶ孤児たちに歌や童話を話し聞かせ、なだめた。この父母のなり染めはともかく、警察官の父は旧満州に赴任した経歴があり、母の先祖の首里(下級)士族は「琉球処分」の歴史に翻弄された。(母は昭和二十九年幼稚園教諭になり、毎日城間の公民館に通った)。このような時代を背負う父母は私の自伝小説に登場させてもいいのではないだろうか。

幼年期、少年期、思春期、青年期に区分し、一つずつ徐々に掘り起こそうと考えた。四、五歳まではほとんど記憶がないが、小学生の頃のスクラップ(砲弾の破片や薬莢)拾い、防空壕跡の探検遊び、マングース捕りなどがポツンポツンと彷彿した。

公民館前広場のわきには(米軍が戦争中に使った)酸素ボンベの鐘がぶら下がっていた。小学六年の夏休み期間中、毎朝鐘をつくよう担任教諭に頼まれた。「火事かと大騒ぎになるから早鐘連打は絶対にするな」と区長に言われた。どのようについたのか覚えていないが、大人も子供も広場に現れなかった。どうも起床ラッパの代わりのようだと何日か後に気付いた。学校の運動会では集落対抗学年別バトンリレーも行われた。運動会の前日公民館に集った私たち小学生の選手や関係者に山羊汁がふるまわれた。興に乗りあたかも優勝したかのように凱旋の歌を大合唱した。公民館では南米移民を推奨する映写説明会、沖縄幽霊芝居の巡回公演、学事奨励会、盆踊りなども行われた。

定期的に開催された公民館前広場での選挙立会演説会をなぜか友人とよく聞きに行った。子供心にも弁士のほとんどの言葉が大言壮語のように思えた。

海が思い浮かんだ。亀岩の近くの珊瑚礁を歩く人々の喜々とした声が甦った。私の小説創作を鼓舞するのはこのような声だ、と自覚している。

年月とともに周りの海水が減り、身動きが取れなくなり、すっかり老いてしまった「亀岩」に（小説を通し）昔のような若さをよみがえらせようと考えた。

少年期の精神世界……公民館と珊瑚礁の海……が現代の奇々怪々の現実、魑魅魍魎な政治の世界に私を駆り立てた。

小説を書くとき、全沖縄（琉球）を小さい場に凝縮しようと常に考えているが、公民館と珊瑚礁の海と選挙風景が一つの小説の場になる。

自伝小説の執筆は中止し、このような小説を書こうと決心した。

しかし、なぜか珊瑚礁の海に……これまでにも何度か書いたのだが……書いたからなのか……なかなか筆先が伸びなかった。

目をとじると海での出来事が……出来事と言うほどのものでもないが……あとからあとから浮かび出る。小学生の頃の五感にしみこんだ体験や情景を書こうとするのだが、何とも言えないあの感覚はすぐには表現できず、筆は動かなかった。

「大統領の回顧録もありのままではなく、取捨選択し、美しく表現されている」と山里さんは言っていたが、（大統領と比べるのもどうかと思うが）私の中の珊瑚礁の海は手を加えると壊れるかのように美しく完璧に存在している。

私はしばらく遠ざかっていた海の物語を無性に紙の上に表現したかった。しかし、ああでもないこうでもないと想を練ってばかりいた。

あたかも海風に吹かれ、海浜植物の木漏れ日を浴び、うとうと、うつらうつらしているかのように日々が過ぎ去った。

このようなある日、燦葉出版社の白井隆之さんから「新しい小説を書いていますか？　楽しみにしています」という言葉をいただいた。板に文字を彫り込むように一冊の本を創る白井さんの背中は情報過多の今、作者たちが見つめるべき貴重な財産だと常々思っている。

ほどなく私は一人、昔集落の祈り、遊び、収穫の場だったというカーミージー（亀岩）に出かけた。

小学一年生の時、集落対抗学年別バトンリレーのスタートをきった私は褒美なのか従兄弟にゴジラの映画に連れていってもらった。水爆実験がよみがえらせたゴジラはありとあらゆる人工物を破壊した。

カーミージーにもゴジラのような自然の守護神がいるようにも思えた。

少年のころから何度も遊んでいるが、全く知らない新天地のような妙な感覚が生じた。

亀岩は肺結核が治癒したばかりの二十代の私に少年の感性を呼び起させたが、今は古希の私に二十代の感性を呼び起こそうとしている。

ようやく筆が動き出し、しだいに勢いを増した。

二〇一九年刊の短編小説集「ジョージが射殺した猪」のあとがきに「古希を迎えた私は今後（二十代の作）『海は蒼く』の作風に戻るのでしょうか」と書いた。二十代の時、亀岩のとりこになり、情熱を燃やし、一気に仕上げたが、古希が過ぎた今はあの時よりもさらに亀岩に愛着がわいているように思える。

「すべては移り変わり、すべては過ぎ去る」というが、本当だろうか。私は何度でも新たに書ける気がするから、珊瑚礁の海は、とりわけ亀岩は永久に変わらないように思える。いつかは書くつもりの自伝小説にも亀岩はたぶん大きな紙面を占めるだろう。

著名な作家、詩人、評論家の大城貞俊さんの素晴らしい解説は心底私に感銘を与えた。心から感謝いたします。

カバー画を故高島彦志さんの心を引き付けられる名画が飾ってくれました。ご家族とご友人と天国の高島さんに厚く御礼申し上げます。

末筆になりましたが、「人工」偏重ともいえる現代、「自然」に深い理解を示される白井隆之さんの重ね重ねのご厚情に御礼申し上げます。

目次

亀岩奇談

亀岩奇談

一

沖縄の離島はたいていい仲間内のように数キロおきに点在している。珍しく赤嶺島は本島から六十二キロ南の濃緑色の海上に一つだけポツンとある。那覇市の泊港から三時間ほど村営の定期船に揺られたら着くが、周囲はわずか十二キロ足らず、世帯数は二百四十二、人口は六百二十三人のせいか、和真には絶海の孤島のように思える。

和真は令和二年三月十五日、浦添市の家屋敷を不動産業者に管理委託し、赤嶺島の母の実家に……住んでいた祖父母はすでに亡く、空き家だったが……移住した。

和真が親から相続した軍用地料の多額の固定資産税は赤嶺村役場に入り、半農半漁の村の財政を大いに潤す。和真の定住をこの上なく歓迎した村……島唯一の赤嶺集落が赤嶺村を構成している……は午後二時、小さい港に横断幕を掲げ、村長や村会議長や議員が和真を出迎え、あたかも凱旋将軍のように大歓迎した。でっぷり太った赤ら顔の、九十歳を超す村長は赤嶺島一の黒塗りの高級車によたよたと進み、ドアを開け、和真に乗るように促したが、和真は丁重に断り、母のまた従姉の咲子の白の軽トラックに乗りこんだ。

咲子は軽トラックを発進させた。和真は助手席の窓から後ろを振り返った。人々は両手を上げ、何度も万歳を繰り返し、和真を見送った。

錆びついたトタンぶきの「波止場食堂」のガラスの引き戸には「赤嶺ソーキそば」「豆腐チャンプルー」「ポーク卵」「刺身五点盛りと魚フライ」などの手書きのメニューが張られている。

光の当たり具合により赤茶色にも青色にも見える美しい漁網が海岸に干されている。琉球石灰岩の礎石に立った、屋根の赤瓦が色あせた木造の古い民家もある。

咲子の運転はぎこちないが、ベテラン運転手のように片手運転をしている。

僕ではなく、僕の軍用地料を歓迎している、と和真は単刀直入に言うつもりだったが、「あの人たちはもしかしたら固定資産税を歓迎？」と聞いた。

「何言っているの。島の誇りだったお母さんの一人息子を歓迎しているのよ」

「母が島の誇り？　まさか浦添市の大金持ちの軍用地主に嫁いだから？」

「お母さんと和真の人格を尊敬しているのよ。和真の皮肉屋さん」

僕の自己卑下だろうか？　いや、あの人々の目の色は尊敬ではなく、ただ僕を羨ましがっていた。

「和真、赤嶺島は本当に初めてなの？」

「たぶん子供のころ、ひねくれていたか、始終ぼんやりしていたんだ」

「お母さんが心から愛していた島なのに……信じられないわ」

秋にはピンポン玉大の黄色い福木の実が落ち、村中ににおいが立ち込め、村人を不思議な懐かしさにいざなうと咲子が言う。防風林、防潮林の福木が至る所に茂り、家々も福木に囲まれているという。

数分後、軽トラックは去年の初秋、病死した和真の母の、島の東はずれにある赤瓦屋根、木造平屋の実家に着いた。荷台から和真の荷物を下ろす咲子は和真の母より三歳年下の四十二歳というが、妙な格好をしている。中肉中背の体つきに特徴はないが、沖縄芝居の娘役のように髪を頭のてっぺんに丸く結いあげている。芝居に出てくる娘は芭蕉布の丈の短い着物をつけ、はだしだが、咲子は体の線が浮き出た白いパンツに緑の唐草もようの上着と赤いローヒールをはいている。

「近いうちに催すという僕の歓迎会は辞退したいんだけど」

和真は軽トラックを降りながら言った。

「みんな盛り上がっていたけど、うちが村長に丁重に断っておくわね。村主催の歓迎会は、和真の気が向いたらいつでもできるからね。今日はゆっくり休みなさい。落ち着いたら赤嶺港近くのうちの家に来てね。剥製のおちょぼ口のハリセンボンが軒にたくさんぶら下がっているからすぐわかるわ。私が早く嫁に行けるようにと亡くなった母が願いを込めて作ったのよ。和真のケイタイ番号教えて」

咲子は上着のポケットから赤いカバーのケイタイを出した。

翌日の昼間、和真は昨日、咲子が置いていった菓子パンや果物を食べてから外を出歩いた。

海岸線はくねり、先が見渡せず、曲がるたびに琉球松、浜ユウナ、福木、アダンの群生、奇妙な形の岩、細かい白砂の浜、何種類もの色鮮やかな珊瑚礁が和真の目に飛び込み、この道は……小さい島のはずだが……どこまでも続いているという妙な感覚に陥った。

砂地に和真の短い濃い影が落ちている。

那覇市の北隣の浦添市ではただ……本人たちは真剣だが……健康……よく考えると健康は人生の一大事ではあるが……のために公園の周りをぐるぐる歩き回っている人たちを軽視もしたが……ここは公園ではなく、海岸だが……足を一歩また一歩と踏み出す快い感じは何とも言えず、心がわくわくした。

和真の足音に驚いた小さな蟹が次々と穴に逃げ込んだ。フナムシが波打ち際の岩肌を這いまわっている。

村主催の歓迎会を催すという話をむげに断ったが、なぜか村長はじめ村人たちが怒ったり、戸惑ったりしている気配はなかった。

和真は今誰とも会わず海岸を歩いているせいか、持病の神経性胃炎がだいぶ改善し、高コレステロールの数値も下がったと突如錯覚した。

雑草や野菜が生えた原っぱや畑は砂の混じった赤っぽい道に接し、赤っぽい道は珊瑚の欠片が混じった海岸の道につながり、海岸の道のすぐ側に砂浜があり、砂浜の先に広大な珊瑚礁が広がっている。

春三月の太陽の下、浦添市の家から持ってきた、若いころの母の愛読書の図鑑「海浜の生物」を開きながら何かにとりつかれたように何時間も歩き続けた。広大な珊瑚礁の海に囲まれた赤嶺島から、東洋一の米軍補給基地ともいわれるキャンプキンザーのある浦添市に嫁いだ母に思いをはせた。海浜植物の木陰に座り、長い時間魅入られたように珊瑚礁を見た。じっと見ていると……母は生前何度もつぶやくように言っていたが……僕もなぜか心が豊かになるような気がする。

四月のある大潮の昼間、咲子が和真を海に誘った。

砂混じりの赤っぽい道のわきのユウナ、砂地のシマアザミ、海岸の岩のモクビャコウ、水際の名前を知らない草。このように植物の形状は徐々に変わり、動物も砂にはヤドカリ、岩の窪みにはフナムシ、珊瑚礁の手前にはコンペイトウガイなどが住み着いている。

麦藁帽子を深くかぶった二人は広い珊瑚礁に足を踏み入れ、歩き回った。

「うち、昔、大潮の日はいつも和真のお母さんと潮干狩りをしたのよ」

「母は浜や珊瑚礁は何ともいえないといつも言っていた。僕には馬耳東風だったが、確かに海は心を和ませるようだね」

「和真が赤嶺島に来て、すぐ海に魂を震わされたのは、震わされたでしょう？　島出身の、海と一体になったようなお母さんの遺伝かもね」

珊瑚礁は潮の干満により、陸にもなり海にもなる。大潮の最大干潮の今は、普段水中にいるナマコやウニや和真が名前を知らない幾十もの神秘的な生物が目前に現れている。和真は思いもかけないこの驚異に、魂を震わされたかどうかはよくわからないが、目を見張った。

生まれつき病弱な、小柄な和真はもともと体力はないが、今は珊瑚や奇妙な生物や青く透き通った海水に夢中になり、不思議と疲れなかった。

今日は髷を結わず後ろに一つに束ねている咲子は海風に飛ばされないように麦藁帽子にかぶせた大きいスカーフを顎に強く結び、小学六年生の時の話をした。

夏休みの大潮の日、中学三年生の和真の母がまた従姉の咲子を潮干狩りに誘った。村の女や子供は四、五人ずつ固まり、距離を保ちながら貝を探していたが、和真の母と咲子はいつの間にかはぐれた。方々にある礁池（クムイ）の中の色鮮やかな生物に目を奪われていた咲子はふと顔を上げた。和真の母は珊瑚礁が切れた危険な波打ち際にいた。足をさらい、沖に引きずり込もうと打ち寄せる白い波に和真の母は気づかず、一心に、何かに惑わされたかのように栄螺を探していた。和真の母の近くにはだれもいなかった。咲子は硬い珊瑚や岩盤の突起や水たまりも目に入らず、必死に和真の母の方に駆けた。


五月一日の昼間、赤嶺村の半分は晴れ渡り、半分に強いにわか雨が降った。和真の家の庭に土のにおいが立ち込めた。大きな雨粒は音を響かせながら直径が三十センチもあるような福木の大木に激しく跳ね返っている。

耳の奥から「少女のころ、福木の葉を草履にして、遊んだのよ」「福木ではなく、草履の木と呼んでいたわ」という母の声が聞こえた。

浦添市の家の庭にはユウナの木があったが、もしかすると母が赤嶺島を偲ぶために福木の代わりに植えたのだろうか。

僕が一生涯赤嶺島に住んだら赤嶺島の海をこよなく愛した母の鎮魂になる？ いつだったか、母から聞いた「左手の五本の指は潮水、海藻、魚、珊瑚礁、亀」という話を赤嶺島の人に聞かせたら誰もが肝を潰すかもしれないが、このどこか奇想天外な言葉にはなにかしら含蓄があるように思える。

十数分後に雨は上った。和真は濡れた縁側に木製の折りたたみ椅子を出し、座った。ゲッキツの生垣の間から白い砂浜や青や緑や紺に彩られた珊瑚礁の海が見えた。細かい砂がうっすらと表面を覆った庭に小さいヤドカリが這い出てきた。和真の体を掠り、海風が通り抜けた。

母の魂にいざなわれたようだが、自分の何かが開けるような予感もあり、赤嶺島に移住した。しかし、まだどこか自虐的な気分が残っていた和真は、無欲の修行僧のように居間や寝室から冷暖房機を撤去した。

夜十時前、和真はベッドから起き上がり、居間の籐椅子に座り、古いクバ扇に手を伸ばし、むし暑さに火照った顔を強く扇いだ。使い古されてはいたが、母が昔、クバ

（ビロウ）を乾燥させ、円形にくりぬいたという貴重な手製の扇は新しい風を生み、熱風を吹き飛ばした。
　電灯をつけ、家の中を見回した。数十年の時がたち、柱や天井の梁の表面はなめらかな茶褐色になっている。ベッドに仰向けに寝そべり、とりとめもなくあれこれや考えているうちにいつの間にか夜中の一時を過ぎていた。和真は立ち上がり、庭を見た。室内からのびた明かりに福木が浮かび上がり、光沢のある厚い葉の間から小さい黄色い花が顔を覗かせている。

　夜中二時半、和真は月明かりの下、密集した黒い葉を茂らせている福木の並木道を通り、海岸に向かった。

　夜の海には天からの何かの恵みが降っている。赤嶺島に居を定めた今、だいぶ回復したとはいえ、まだ病弱な体にこの恵みは降り注いでいる。巨大な黒い蛸がさかさまになり、固まっているようなアダンの木には大人の頭大の実が何個もぶら下がり、水際の砂の上の実には数匹の小さい蟹が戯れている。波が勢いよく砂に上がり、ザザーッと引く音が繰り返し聞こえる。月の光が散った海面は銀色の小魚が群れ騒いでいるようにきらめいている。海風が海浜植物の枝葉を揺らす音と、砂に水が乗り上げる音以外は何も聞こえず、月夜の珊瑚礁が自分が心に描いた幻の風景に見えた。

二

令和元年二月四日、和真の父は浦添墓地公園の一角にある墓を改築した。長年の……資金は十分あったが……念願を果したのだが、何の因縁か、改築祝いを済ませた翌日の正午少し前、高級国産車の運転を誤り、高速道路の中央分離帯に激突した。まだまだ男盛りの五十手前の父が即死した時間、二十歳の和真は古代エジプトのクレオパトラの顔やピラミッドを象ったパチンコ店の「指定席」に座り、機械的に玉をはじいていた。

父の死と関係があるのか、老木になっていたのか、和真が幼少のころ、少女のように黄色い、赤ん坊のこぶし大の花を摘み、首飾りを作った、庭のユウナの木は……ユウナは常緑だから落葉はしないが、もろもろの木々の新芽が芽吹く春三月だというのに……父の四十九日と合わせるかのように立ち枯れした。

父の百か日の法要を済ませた後も母は毎日朝夕、大きな仏壇の前に座り、父の鎮魂を祈った。

若いころから母は大きな目が澄み、顎の線が柔らかく、すっきりし、唇は小さく、色白のせいか、この時もやつれてはいたが、気品を失わなかった。

四十五歳の母は昼間はよく和真と縁側に座り、お茶を飲みながら、気を紛らわすかのように、また懐かし気に赤嶺島の話をした。

気丈夫に手の込んだ手料理を作り、和真に食べさせ、美味しそうに食べる和真を見つめ、何とも言えない笑みを浮かべていた母だが、この年の秋口から全く台所に立たなくなった。

母が一日も早く元気になるようにと願いながら和真は慣れない手料理や近くのレストランに注文した料理を母の前に置いたが、いつもほんの少量しか口にしなかった。

和真が病院に行くように勧めるたびに母は「ただの疲れよ。すぐよくなるわ」「和真も体調を落とさないように気をつけてね」と小さく笑った。

次第に母は和真にも、結婚したころから茶飲み友達の隣近所の女たちにも何も言わなくなり、心を表情にあらわさなくなった。

ある日、母は珍しく一言「横になると死んでしまう」と和真に弱音を吐いた。この日から日増しに顔色が青白くなり、体が見る影もなくやせ細っていた母は庭に面した廊下に置いた大きな黒革の椅子に座り、うつろな目を庭の立ち枯れしたユウナや、赤嶺島がある南の方角に向け、何時間もじっとした。よく椅子に抱かれるようにガクッと首を斜め前に垂れたまま、浅く眠ったり、目を覚ましたりした。

十数日後の十月十日、夜中の二時過ぎ、母の悲鳴に和真は飛び起き、母の寝室のふすまを開けた。つけっぱなしの蛍光灯の下、紫の小花がちりばめられたパジャマを着た母が畳を這いずり回っている。

和真は救急車を呼ぼうか、どうしようか迷いながら「どうした？　どうしたの？　母さん」と言った。

「財布、財布」

「財布がどうしたの？」

「船に乗るの。切符を買うの」

「船に？」

「赤嶺島行きを予約してくる」

「……今何時だと思っているんだ。夜が明けたら僕が行くから」

「……」

「母さんの赤嶺島では烏賊墨汁がよく食べられているよね」

和真は母の気を紛らわそうと話題を変えた。

「僕が小さかった頃、よく烏賊墨汁を食べさせてくれたよな。だから虚弱体質だったのに、こんなに丈夫になったんだよな」

まださほど丈夫ではないのだが、この一言がきいたのか、母はほっとしたように口元にかすかな笑みを浮かべ、和真を見つめた。

和真は畳に敷いた布団に母を寝かせた。母は目を閉じたまま頭を二、三回左右にゆすったが、すぐ寝息を立てた。和真の頭に、中学生の頃に聞いた母の言葉が思い浮かび、手の平を開いた。

右手の五本の指は見る、聞く、話す、触る、嗅ぐの五感、左手の五本の指は潮水、海藻、魚、珊瑚礁、亀。人間は海と一体になるために合掌するという。

和真は静かに手を母の手に重ねた。

一人息子と手と手を重ねていた母は心安らかな表情を浮かべていたが、突然大きな呼吸を繰り返した。二、三分後母はこの世にたった一人残る和真の姿を魂に刻み込むかのように目を大きく見開いた。ああ最後の瞬間だと悟った和真が「母さん、ありがとう」と言う間もなく、母は目を見開いたまま息を引き取った。


母は那覇の商業高校を卒業後すぐ運転免許試験場に通った。多額の軍用地料や不動産を他人に任せるのはしのびがたく父は不動産屋の起業を目指し、宅地建物取引業の勉強を始めた。父は運転免許試験場にも通いだし、実技の順番待ちの間や学科の授業の合間に母と言葉を交わすようになった。僕は両親から詳しくは聞いていないが、母は、金があるからか物腰が柔らかく、立ち居振る舞いがスマートな父に、……赤嶺島の男たちは小さいころから見知っているからか、何事にも遠慮を知らず、何かと品位にかけていた……父は、離島出身とは思えないくらい色が白く、細身の、穏やかな性格の母にほれ込んだ。父は宅地建物取引業の試験に何度も落ち、自分の能力のなさを思い知らされた。このころ、観光ホテルの事務員をしていた母と結婚した。

天も残酷だ。両親をこんなにも早く続けざまに召されるとは。罪業があったとでも言うのだろうか。不労所得に依存する、退屈極まりない生活が生きようとする父母の執念を消失させた？　短命と軍用地料に因果関係が？　父は確かに無職になったが……アルコール中毒になり、何人もの愛人を作り、全財産を蕩尽した……たまに僕の耳に入る軍用地主とは違う。

酒色におぼれていたわけではないが、日々の労働らしい労働とは無縁な父母の死は当然とでも思ったのか、或いは莫大な収入のある軍用地主の父母に嫉妬していたのか、葬式に参列した知人はほとんど涙を流さなかった。

生前父の……アルコール中毒にならず、愛人もいなかったが……パチンコやスロットマシン三昧に母は一言も文句を言わなかった。相手をののしるような夫婦喧嘩はしなかったが、互いを気遣う気持ちは年々、月々、日々明らかに薄れた。父母は互いに何も感謝しなくなり、どこかやけっぱちのようにいよいよ軍用地料に全幅の信頼を寄せるようになった。

母は軍用地料の地価が高くなるに従い、ますます赤嶺島に思いをはせた。母は浦添市では軍用地料に全くゆるぎなく生活を支えられているが、精神的には赤嶺島が支えになっていると和真は感じた。

母はなぜ赤嶺島の話をあれほど僕に聞かせた？　話した後、よく茫然としたが、赤嶺島を瞼の裏に映していた？　母はたまらなく島に帰りたかったのだろうか。別に余命宣告をされたわけでもないが、鳥や魚のような帰趨本能が人間にもあるとも思える。しかし、夫を亡くした女が島に帰ったら、島の女たちは「うちのだんなをとりにきた。私の恋人をうばいにきた」と警戒するから未婚既婚を問わず成人の男とは立ち話もできないと言われている。

父は急な自損事故死だから無理もないかもしれないが、病死の母は赤嶺島の珊瑚礁の海の見えるところ……母は赤嶺島の海に未練を残していると和真は感じている……に永遠に眠りたいという遺言を僕に残したかったのではないだろうか。

母は軍用地料に、具体的にどのようにとかは僕はわからないが、たぶん、がんじがらめになり、赤嶺島の海に包まれた思春期のような心がわくわくする人生を歩まなかったのでは？

父や母はもしかすると自分の人生から見放された？

父母は不憫ではなく、悠々自適のまま、貧窮の苦しみとは無縁のまま亡くなった、と和真は強く自分に言い聞かせた。

僕も金銭的には一度も他人に引け目を感じなかった。両親の死後、喪失感と裏腹に不思議な安定感に包まれたのは、軍用地料という盤石な土台を実感したからだろうか？　今、気力は湧かないし、前途は何もわからないが、少しの揺るぎもなく一生生きていけるという不思議な力を自覚した。

世の中の夫婦は子供の教育や進路をめぐり、大喧嘩もするという。僕の両親は経済的なゆとりがあったからか僕の将来をさほど心配、あるいは期待、をしている気配はなく、少しもいさかいを起こさなかった。

ただ父はパチンコなどの儲け事ではない、生きがいのある何かの仕事を確かに求めてはいた。しかし、いつしかこのような夢や気力を失った。

父のこの姿を目の当たりにしたからか、生来いささか怠惰に耐えられない性分なのか、和真は金があってもちゃんと仕事に就こうと思った。かえすがえすも残念だが、父母の亡くなる前に僕がいっぱしの男になるという兆しを見せておけば……。

事故死の父の時は県内の二大新聞に喪主宮里亮子、長男和真、外親戚一同と告別式の案内を出し、大きなセレモニーホールを一時間半も借り、カラー写真の遺影の周りに大きな白の胡蝶蘭や菊や供花名を二、三十も立てかけ、盛大にとりおこなったが、病死の母の時は「新聞に出さず、身近な人だけを家に呼んで」という生前の母の言葉に従った。当会会員宮里亮子様。浦添市軍用地主会会長比嘉正夫と記された高価な一対の供花だけが届いた。

令和元年十月十二日の母の葬儀……近所の人たちが葬儀の段取りを整えてくれた……に母のまた従姉の咲子の他に赤嶺島から男女数人が参列した。咲子が一人ひとり紹介したが、和真は誰一人知らないし、特に覚えようという気もなく、顔をまともに見なかった。

両親を信じられないくらいあっけなく亡くした和真は小さくなった母を見つめ、死は簡単にいますぐにも自分の身に降りかかる気配を感じ、何もかも虚しくなり、全身の力が抜けていたが、咲子はこまごまと立ち振る舞いながら時折目を赤くはらした和真に話かけた。

「お母さんは赤嶺島の海をとても愛していたわ。死んだら海の近くに埋葬されたいとうちに言っていたわ」

僕には遺言しなかったが、僕が思っていた通り、やはり赤嶺島に埋葬されたかったんだ、と和真は思った。

「お母さんの生まれ島なのに、和真は赤嶺島にまだ一度も行っていないでしょう？なぜなの？」

「島とか自然とかはあまり性に……」

パチンコの方が、と言いかけたが、口をつぐんだ。

「福木の木がいっぱいあるのよ。何より、お母さんのいう珊瑚礁の神秘は言葉にできないわ」

和真は咲子を見つめたが、涙のにじみが消えず、咲子の頭のてっぺんに丸く結い上げた妙な髪形や顔は薄くかすんでいる。

「うちは赤嶺島には海の神がいると思うの」

咲子は唐突に言った。

「海の神が？」

「亀岩と言う不思議な岩もあるのよ」

咲子のいう「亀岩」という言葉が頭に残り、和真は夜中、ぼんやり天井を見つめたまま、巨大な歩く亀を思い浮かべた。

二日後、近くのホテルに宿泊している咲子の手を借り、和真は財産の相続の手続きに着手した。

三

まだまだ老いとは無縁だし、時々病院には通っているが、持病は高コレステロール血症と慢性的な神経性胃炎だから死が近いわけでもないが、母の死後、和真は自分は死病を抱えた老人と同じだと思った。パチンコ店「クレオパトラ」に行く途中、浦添大公園の周りをジョギングやウォーキングをしている老若男女に、あなたたちは運動のための運動をしているんですか？　運動は何かを成し遂げるための手段でしかないと僕は思うんです、と和真は毎日独り言を言う。

僕が健康に気を遣わず、老後の心配もしないのは、母からの相続が完了し、軍用地主になったからだろうか。

「雨が降ろうが、風が吹こうが、軍用地主には関係ないから、極楽だな」などという皮肉の声が時々和真の耳に入る。和真は気になるどころか、むしろ、羨ましがっている相手を見下す。何をしなくても莫大な金が入り、将来が安泰の、軍用地主という、いわば「名刺」がたぶん僕を支えている。

しかし、人前では胸を張っているが、一人になった時は自分を軍用地に寄生した虫のように思う……わけではないかもしれないが……金や不動産だけをこの世に残し……肉親がいない、天涯孤独の僕が死んだら財産は誰に行くのだろうか……生涯を閉じると思うと、たまらなく虚しくなる。

和真は軍用地主だが、米軍関係の仕事には全く触手が伸びなかった。令和元年十二月、米軍基地内の仕事に応募者が殺到し、狭き門になっている。公務員並みの給料や休暇が保証されるし、英語や国際感覚の習得ができる。「若者なら世界のウチナーンチュ（沖縄人）のように様々な国にはばたくべきだ」と米軍基地内の仕事を子供に勧める親も少なくないという。

年間三千万あまりの軍用地料が入らなかったのなら、いささか病弱な僕でも中学卒業後、米軍関係だろうが、民間企業だろうが、生活のためにいやおうなく働いたのではないだろうか。

僕が中卒に甘んじているのは……別に満足しているわけではないが……「和真、私たちの老後の心配は全くいらないからね。和真は自分が好きな道を歩みなさい。私もお父さんも和真を幾らでもいつまでも応援するからね」と繰り返し言った母の言葉に今の僕はいわば胡坐をかいている。

世の中には職種は数百、数千とある。自分の秘めた価値を発見できる仕事もたぶんある。

「軍用地料は高すぎる。沖縄県の地価高騰につながっている。公共事業の補償費などにも多大な影響を与える」と軍用地料を罪悪視する人たちもいる。軍用地料を得ていても僕の父母のように早世する人も少なからずいる。

軍用地料を美術館や養護施設などに寄付するという手もある。カーネギーは多額の金を教育機関かなんかに寄付したという。しかし、彼は死ぬほど苦労した末に財を成した。よくわからないが、僕が不労所得の軍用地料を寄付するのとでは何かが違う。

どちらかというと不愛想な僕にさもうれしそうな顔をする人もいるにはいるが、どうも僕自身にというより僕の軍用地料ににこにこしている。僕は他人に頭を下げる必要はないから何の屈託もないが、僕自身も誰からも頭を下げられていないと感じている。金が何でも可能にすると思っているが、肝心の何をやるかがわからないのだ。金とは無縁に自分をはぐくみ、自分の足を一歩一歩前に進めなければ、いっぱしの人間にならなければ、真の満足は得られないのだ。

高い山の頂に誰かが操縦するヘリコプターから降り立っても達成感はないんだ。小学生のころの教室に「忍耐、努力」という標語が掲げられていたが、今のままでは忍耐も努力も全く必要がないんだ。ああ、金は人の情熱も奪うのだろうか。

雨が数日降り続いた。和真は二日かけ、電話帳のありったけの職業を一行一行指さしながらじっくりと見つめ、熟考したが、永続的な興味がわき、自分を引き付け、一人前の男になる職業は見当たらなかった。

一方パチンコ以外の……パチンコもこの頃はだいぶ飽きているが……どのような賭け事にも全く興味がわかなかった。

酒は体質に合わず、一口飲んでも顔が真っ赤になる。一度無理にグラスの半分飲んだ時は激しく吐き、喉も胃も胸も長らく痛み、全身に蕁麻疹が出た。酔えないからか……飲み屋ではウーロン茶を注文したが……まだ小悪魔的な女の魅力がわからないのか、スナックやクラブのホステスの誘惑にも全く乗らなかった。

背丈はさほど高くないが、肩幅が広く、屈強な体格をしていた父は事故死、性格が穏やかな母は病死なのだが、他に肉親はなく、友人らしい友人もいないせいか、和真はなぜか親に捨てられたような、近しい人もたわいもなく自分の前からすぐ消えるような妙な感慨に陥った。

世の中には親を突然亡くした子供はいる。僕より過酷な境遇の人もたくさんいる。僕がねじ曲がった人間になる理由にはならない、と絶えず自分に言い聞かせてはいるが。

ある女性映画監督は一九四三年に一作目を作り、一九九三年に最後の三十作目を作っている。彼女は五十年の映画人生を歩んだが、一本二時間の映画×三十本＝六十時間が彼女の「人生」のすべてだ。人は百年生きようとも本当に生きているのは十年にも満たないのでは？　僕の時計上の人生は二十一、二年……最近は明確に年齢を数えるのもおっくうになっている……だが、何時間も生きてはいないのでは？　このような不思議な論理が和真の頭を支配した。

小学生のころ、小柄な和真は頬もこけ、目も口も細く、全く目立たず、国語だけはなんとか上の成績だったが、スポーツはからきし不得手だったし、昼休み時間にも話し相手がなく、よく校舎の屋上に一人たたずみ、遠くの米軍基地をぼんやり眺めた。

生まれついての性格なのか、虚弱体質が影響したのか、中学時代には時々セミの抜け殻のようにうつろになった。和真を心配した母は、思春期真っただ中の和真が孤独に陥らないように、と願ったのか、あからさまにではないが、ほほえましい恋愛や美しい夫婦愛を教えもしたが、和真は結婚欲はむろん、恋愛欲も湧かなかった。

あのころ既に、将来妻をめとらなくても子供が生まれなくても劣等意識は生じないと考えた。浦添市にある米軍基地の軍用地主の父の多額の軍用地料が毎年累積しているから一生涯誰からも侮辱されないだろうと思った。

父母は金以外に学歴が大事だといわんばかりに高校進学を強く勧めた。和真は中学卒業後に何をやりたいのか思いつかず、とりあえず高校に進学しようかと一ヶ月ばかり迷ったが、今の時代に高校に行かないというのは自分でも摩訶不思議だが、三年間もおとなしく勉学する気にはどうしてもなれなかった。

母は赤嶺島の海の魅力にこのような僕を導こうとしたのだろうか。

母は和真が小学生のころから時折、出身地の赤嶺島の広い珊瑚礁を歩き回った時の感動を話し聞かせ、何度か「一緒に赤嶺島に行かない？」と誘ったが、むろんいそがしいわけでもなく、母から島の悪い思い出を一度たりと聞かされたわけでもなく、確たる理由もなく、ただ何となく億劫だった和真は駄々っ子のように首を横に振った。

小学生のころなら親の意のままになったはずだが、なぜか母は僕の気持ちを尊重したのか、無理強いしなかった。

和真は母が亡くなった翌年の令和二年一月十五日、二十一歳の誕生日を迎えたが、いまだに情緒が安定せず、変に意識過剰な野放図な毎日をやり過ごしていた。

しかし、同世代の男のように高校や大学に進学すればよかった、などとは少しも思わなかった。

まだ二十一歳に過ぎないのだが、定年を迎えた人のように「僕の人生は一体何だったのか」と思い悩んだ。思い悩むのは、みじんの予感も漂わさずに急逝した父と何か関係が？　僕は一人っ子、父母も一人っ子、祖父母も一人っ子という……多産の沖縄では珍しい家系だが……血筋が何かの因に？

生きている間……たぶん三十年くらいだろうが……に手ごたえのある何かを成し遂げなければ、あの世の父母に顔向けできない……両親が生きている間に、自慢の息子になれればよかったのだが……と和真は思った。何より自分が毎日、ものを食べ、ものを考えもするが、あたかも「死んでいる」ように生きている。

このようなある日、生前の母の茶飲み友達だった近所の女たちに、浦添城跡の崖に掘られたようどれという王墓を拝み、安らぎを得たら？　と勧められた。和真は作り笑いを浮かべ、あいまいにうなずいたが、結局無視した。

さらに数日後、誰かが好意的に紹介したのか、和真はわからないが、和真の家を軍用地主会の中年の坊主頭の男と初老の小柄な男が訪ねてきた。

軍用地主にはみんながみんな僕のように年間三千万円あまり入るのではなく、数十万円、数万円しか入らない人もいる。この坊主頭の男の軍用地料も確か数十万円だと和真は生前の父から聞いた覚えがある。

太い黒縁の眼鏡をかけた初老の男は一年ほど前、軍用地主会の定期総会の際、記念講演した琉球史研究家だという。

初老の男は和真に開口一番「地図を片手に琉球王国時代に由来する七大聖地巡りをしなさい」と言った。頭が混乱した和真は男の言う七大聖地に浦添ようどれも入っているのだろうかと一瞬思ったが、「インドの仏教の聖地巡りや四国の遍路旅をしてもいいですか」と聞いた。

「あなたを腑抜けにした因は琉球にある。外国や本土は関係ありません」

初老の男は少し怒ったように言った。

「明け方、本島北部の轟の滝に打たれなさい」

轟の滝も七大聖地のひとつなのだろうかと和真は思ったが、訊かなかった。琉球の七大聖地など本当にあるのだろうか。

初老の男は浦添ようどれをはじめ、七大聖地だという各地の王墓やウタキ（御嶽）の謂れを話し、この聖地巡りをしつこく勧めたが、和真のぼんやりした頭にはほとんど届かず、和真はあいまいな返事を繰り返した。

和真の態度に憤慨したのか、初老の男は荒々しく立ち上がり、軍用地主会の男に「こんなガージュー（頑固）の人間はどこにもいません」と言った。

体はひどくだるいのだが、自分を鼓舞した。聖地を巡る人は病気や失恋やあるいは絶望の淵から立ち直るために、などとはっきり目標を持っている。僕はあまり訳が分からないまま出発しようとしている。僕は情熱があるからではなく、情熱を燃え立たせるために聖地巡りをしようとしている。鳥の大群の移動に必然性があるように聖地巡りは仏や神の導きのようにも思えるが、はっきりとはわからないのだが、どうも他力本願というか人為的というか、自分が何かを成し遂げたという気にはならないように思え、何か違和感を感じ、和真は聖地巡りを断念した。

和真は聖地巡りから安らぎを得られなかったが……実行しなかったから当然だが……ある朝急に思いたち、店内に啓発本が並んだ那覇市の三、四の書店を巡り歩いた。「仕事があなたを救う」というタイトルの本の帯には「仕事は日常の悩みを忘れさせ、自己の能力を掘り起こし、自信を与え、先の人生を明るくする」と記されている。

この本を含め、三冊買ったが、生来疑い深い性格なのか、潜在的に反抗心があるのか、軍用地主という優越感……最近は優越感も薄らいできているが……のせいか、流し読みをしているうちについ著者の言葉の裏を読んだ。著者自身何も解決できず、迷ったまま書いていると思った。「すべての物事は明るく考えろ」とか「楽天的に生きよ」などの言葉になるほどとうなずくのだが、読後一時間もしたら、元の暗い、悲観的な考えに戻ってしまう。

四

令和二年二月五日、父の一周忌は葬儀会社に仏壇の飾り、香典返し、折詰弁当、お供えの果物、お菓子など一切を依頼し、地元浦添市の父の親戚が配膳や食器洗いなどを手伝った。

父の一周忌の十何日か前、同じ年の十月十日に亡くなった母と一緒にとりおこなったほうがいいのでは？　と父の親戚の女たちに言われたが、和真は首を横に振った。母は一周忌に赤嶺島を天国から見下ろすような予感がした。

数日後、一週間ほど続いた穏やかな晴天が崩れ、寒風が吹きすさび、庭の木の枝葉が大きく揺れた。昼三時過ぎ、和真の家の玄関のドアが開く音がした。

咲子は黒いコートを着ている。饅頭のように頭のてっぺんに結った髪がほつれている。

「和真、いろいろと手が離せなくて、お父さんの一周忌、これなくてごめんね」

咲子はコートを脱いだ。徳利襟の黒いセーターを着ている。

一年前の父の葬儀の時には和真の家に三日泊まり込み、何かと親身になり、母を手伝った咲子に「父の時も、母の時も本当にありがとう」と心から礼を言った。

「和真、あんたのお父さんはアル中ではなかったけれど、たまに酔っぱらって、どこでも寝てしまうもんだから、和真のお母さんが懸命に探して、タクシーで帰ってきたのよ。今頃二人は天国で笑いあっているよ」

咲子は手土産の黒糖カステラを仏壇に供え、和真と一緒に父と母の位牌に手を合わせ、台所に立ち、沸かしたお湯を急須の茶葉に注いだ。

「毎朝、お茶と平線香を仏壇にお供えして、手を合わさないから、あんたは先祖の罰を受けて、体は一人前の大人になってもいつもダラダラしているのよ。周りからいろいろうわさも立てられるのよ」

「先祖の罰？　父や母が僕に悪さをするはずは……」

咲子は和真の前に熱いお茶の入った湯呑を置いた。

「お父さんお母さんだけではなく、おじいさんおばあさん、ひいおじいさんひいおばあさん、ひいひいおじいさんひいひいおばあさんに向かって、和真は何もかも包み隠さずに何でも何度でも打ち明けなさい」

咲子はきちんと背筋をのばし、座っている。

「何を打ち明けたら……」

「先祖は生きている家族に心配事が起きると心強い相談相手になるのよ」

咲子は息を吹きかけながら湯呑の茶を飲んだ。

「相談と言うと……会話は？」

「先祖は周りからはずっと黙っているように見えるけど、生きている家族にちゃんと答えているのよ」

「……」

「和真、何時間か対話をした後は気持ちがとても軽くなるから」

「何時間も対話を？」

「後日また気分がすぐれなくなったら、今度は墓の先祖に話しかければいいのよ」

「墓に話しかけるの？」

「うちは独身だけど、和真が誕生した時も小学校入学の時もうちの先祖に心から報告したよ。和真とうちは親戚だからね」

「……」

「亡くなっても、この世に残した家族の相談相手になるという、つまり一種のやりがいがあるから、生きている人は誰もがおおらかに年を重ねていけるのよ」

「だが、どんな人でも生きている間は心配事があるのでは?」

「墓を造れるかどうかという心配以外はあまりないわよ。墓さえあれば、亡くなっても生きている子孫が会いに来るし、先に亡くなった先祖とも生活ができるからね」

和真は何も言えず、湯呑に口をつけた。

先祖と生活ができる?。

咲子は摩訶不思議な話をするが、あっけらかんとした、無欲の性格のように思える。母の幼いころ、若いころの遊び友達だったという咲子が傍らにいる。ふと母も一緒のような錯覚が生じ、和真は安らぎを覚えた。

「いい? 右の手のひらは勇気、左の手のひらは慈愛よ。二つが一つになるから鬼に金棒よ」

和真は合掌や唱えは気休めだと思っているが、咲子に「はい、手を合わせましょう」と言われると何かしら効力が生じるように思えた。

しばらく合掌を続けていると、母の言う五本の指の……右手の指は見る、左手の指は潮水という……意味を思い出し、母がたまらなく帰りたがっていた赤嶺島の海を心に思い浮かべた。

亡くなった人がこの世の人の相談に乗るという咲子の話はなかなか信じられないが、両親と……位牌になってしまったが……毎朝、対話するという約束を咲子と交わした。

「夫の死後、お母さん、とても赤嶺島に帰りたがっていたわ」

「……」

「お母さん、自分が死んだら和真を赤嶺島に住まわして、と遺言したわ」

「知らなかったな。ぼくには何も……いつ？」

「和真のお父さんの葬式のときよ」

「なぜ、僕には……遺言は重要なのに」

「和真はひどく気落ちしていたから。和真、赤嶺島に住んだら？　無気力なんか絶対吹き飛ぶわよ。命の源のようなところだから」

「命の源？」

「お母さん、うちに聞いたの。咲子、私だけ、赤嶺島に住民票を移す方法あるかしらって」

「まさか……いつ？」

「和真のお父さんが亡くなって、お母さんは病気がひどくなって、だからたまらなく赤嶺島に帰りたくなったのね、きっと」

「本当に？　僕と別々に？」

「お母さんはそれほど思いつめていたのよ。住民票を移すからには制度上全く住まないというわけにもいかないし、何より和真と離れ離れになるのがとてもつらかったのね。結局移さなかったわ」

「……」

「お母さんの遺言よ。和真、一日も早く赤嶺島にいらっしゃい」

「島に僕の人生はある？」

和真は何を言いたいのか、自分でもよくわからなかった。

「和真の人生がちゃんとあるよ。美しい島なんだから。木々や岩の一つ一つに少女のころのお母さんの面影が残っているのよ」

「母の面影が？」

「和真はお母さんのためにも赤嶺島に住民票を移すのよ。うち、手伝いはするけど。あくまでも和真が積極的に動いて、ね、一緒に明日にでも浦添市役所に行きましょう」

「島に僕の仕事は？」

全く仕事歴はないし、今はする気もないが、和真は思わず聞いた。

「うちが和真に向いた仕事を探すから」

赤嶺島に僕ができるような仕事などあるだろうか。

「どんな仕事がいいの？」

和真は自分の心が豊かになるような仕事と言いかけたが、「何も思いつかない」と言った。

「わかったわ。待っててね」

咲子は和真の手を取り、強く握ったまま立ち上がった。

咲子の言うとおりに両親の位牌に手を合わせ、対話……独り言になってしまったが……を重ねたが、和真は毎日ぼんやりしているという近隣のうわさは消えなかった。

五

令和二年五月二十七日、水曜日の午後、赤嶺港近くのコンクリート造りの小さい家を出た咲子は白いパラソルをさし、和真の家にやってきた。

どうでもいいような短い世間話を交わしたのだが、髪を頭のてっぺんに結い上げた咲子のしわがれた声は変にはしゃいでいる。

居間のちゃぶ台の前にいったん座ったが、お茶を準備しようとした和真を制し、すぐ立ち上がった。

急須と茶碗をちゃぶ台に置いた咲子は「和真、突然だけど、驚かないでね」と言った。

このように言われると逆に少し動悸がした。

「赤嶺島の自治会長に立ってみない?」

「自治会長?」

「和真は赤嶺島に住民登録したたし、自治会員登録もしたたし、成人年齢を過ぎたから立候補資格は十分よ」

独身のたぶん四十二歳の咲子が若いころ何の仕事をしたのか、和真は知らないが、今は公民館や保守陣営の政党事務所の書記、会計、雑務などをやっているという。

「見て」

咲子は一枚のA四の紙をちゃぶ台の上に置いた。自治会長選挙の実施について（通知）。選挙管理委員会告示第一号。令和二年五月二十四日、と記されている。赤嶺自治会選挙管理委員会とあり、選挙管理委員会検印の四角い朱印が押されている。

「僕は自治会員登録をした覚えはないが」

「住民登録した翌日、うちが済ませておいたわ。年会費もわずかだし、なにより形式だから和真には何も言わなかったけど」

一言言ってくれてもよかったのに、と思いながら懸命に探しても何年も自分に合う仕事は見つからなかったし、どのように歩んだらいいのか、全くわからない和真は自治会長職にいささかもときめいたわけではないが、つい「僕でも自治会長になれる?」と聞いた。

「今日、うちのケイタイ、こんなのもぞろ目というのかしら、七の数字が三つも並んで出たのよ。天使からのメッセージだったのね」

「……僕が天使?」

「天使が和真を導いたのよ」

以前浦添市にいた時、王墓や聖地の話を聞かされたが……今度は天使……僕の周りに一体何が起こっているんだと和真は思った。

「ここだけの話だけど、うち、ここの村会議員に手を出されかけたのよ。危うく難を逃れたけど、あの男の顔と比べると和真の顔は天使よ」

「……」

「この村の人たちは和真のような人を長年待っていたのよ。和真のような純粋な人が自治会長になって、五穀豊穣、大漁、子孫繁栄を実現すべきよ」

何か自治会長の仕事ではなく、神の業のようだと和真は思った。

「正直に言うと和真は小柄だし、風貌もいまいちだけど、心が美しいわ。この純粋潔は赤嶺島の村長も村会議員も歴代の自治会長の誰も持っていないわ」

「……」

「気力と言うか光はもう戻ったでしょう? でも浦添市に帰ったらまた暗闇に落ちかねないわ。このまま赤嶺島に永住しなさい。無気力になんか絶対にならないから。自治会長になったら、島と一体になれるわ」

「……」

「和真が人生の闇にいた頃だったかしら、うち、墓に話しかけて、とか言ったようだけど、違う?」

「言ったよ」

「墓もいいけど、島の海に話しかけて」

「海に話しかける?」

「人の命は海からやってきて、海に戻っていくのよ」

「琉球王国時代の七大聖地を巡りなさいという変な人もいたよ」

「和真の七大聖地はすべて赤嶺島にあるのよ」

強引な、人を食ったような論理だと思った和真は、北部の滝が七大聖地のひとつだったかどうか忘れたが、「滝はある？」と聞いた。

「滝？　滝は海よ。潜りなさい」

「潜ったら滝？」

「和真、あんたのこれまでの人生、と言っても二十一、二年だけど、人生で、何か目立った実績ある？　お母さんの出身地の島の人たちに誇れる実績を全部話して。うちが箇条書きにするから」

咲子はグレーの上着のポケットから赤い表紙の手帳と小さいボールペンを取り出し、ちゃぶ台の上に置いた。

「実績を箇条書きに？」

「美点と言ってもいいけど」

僕には美点など何一つないとすぐ思ったが、和真は「今すぐ急には思い浮かばないが」と言った。

「だったら今日一晩、なるべく寝ないで考えてね。美点を思いついたらちゃんと記憶するか、メモるか、ケイタイに残すか、してね」

「美点を寝ないで考える……」

「和真はうちの党から自治会長に立つんだから、六月三日水曜日午後一時の立候補予定者説明会までにはチラシ、ポスター、趣意書、協力依頼書、立候補報告書などを作らなければならないのよ」

「こんなにたくさん？　小さい島の、たかが自治会長選挙なのに」

「たかが、ではないわよ。選挙のいわば戦闘小道具を作るために選対事務所は和真の美点を徹底的に調べ上げ、客観的に書きだす必要があるのよ」

「大げさでは？　自治会長選挙だろう？」

「対抗馬がいるのよ」

「六月三日までに？　あと一週間しかないのに、こんなにいろいろと作れるのかな？」

咲子は少し唐突に、手を出されかけたというベテラン議員を「老醜」「卑猥」とけなし、和真を「青春」「清純」と褒めちぎった。

「和真にとってははした金かもしれないけど、自治会長の給料は月十五万もあるわ」

自治会長の仕事内容は特に気にならないが、どんな仕事に就くにも基礎固めが大事ではないだろうか、と和真は考えた。

「和真の前には和真のお母さんが熱愛した赤嶺島の自治会長という光の道が開けているわ」

光とか闇とか簡単に言うが、自治会長になっても僕は人生の希望を見出せるようには思えないのだが。

「自治会長なんか……」

「なんか、と和真は言うけど、ありふれたただの自治会長じゃないのよ。和真のお母さんの故郷の自治会長なのよ」

咲子がお母さん、お母さんと言うのは何か作為があるような気がし、和真は話題を変えた。

「自治会長になったら僕の若さや人生が縛られないかな」

「若さや人生？　何を言うの。和真はいつでも自由自在よ。自由奔放よ。第一、自治会長になりたがっている者は島中にあふれているのよ」

「……」

「和真が自治会長になったら、村人みんなが仲睦まじくなるわよ」

僕の軍用地料が村人に影響を与えるという意味だろうか、僕なら無給でもいいと思っているのだろうかと和真は勘ぐった。

「極端に言うと亡くなった人たちとも海辺の生物とも亀岩の亀の精とも村人は仲睦まじくなるわ」

「何かユタ（民間のシャーマン）か神人が自治会長になるようだね」

「和真をユタとは言わないけど、和真は純粋無垢な人間なのよ。前の自治会長とは白と黒よ、光と闇よ、天国と地獄よ」

「……」

「和真、自治会長になって、お母さんの魂を慰めて」

「母の魂を？」

咲子はユタの仕事もしているんじゃないだろうかと和真は一瞬思った。

「赤嶺島ではお母さんのぬくもりのようなものを感じないかしら？　どう？」

「……」

咲子の話は一変した。

「こう言っては和真に大変失礼になるかもしれないけど、和真のように何のとりえもない男が自治会長になるためには、言いにくいけど、あえて言うけど、選対事務所に献金しなければならないとうちは思うの。うちは下っ端だから、献金云々する立場にはないから、今はうちだけの一つの意見と言うか、助言だと考えてほしいの」

選挙までの期日はあと少ししかないのに……あるいは少ししかないから……あたふたと献金させようとしている。和真は何も言えなかった。

「はしたなく献金の話なんか出してしまって、ごめんね、和真。正直、気が咎めているの」

「どのくらい献金したら？」

和真は献金自体は特に負担にならないが……今も昔もよく贈収賄事件が起きている……選挙違反にならないだろうかと思いながら聞いた。

「和真は全く名もなく、実績もないから、お金がかかるのね。仕方ないよね」

小さい島の、しかも自治会長選に金がかかるのなら、村議選や村長選ではさらに島中に金がとびかうのだろうか、と思いながら和真は「四捨五入かな？」と言った。

「四捨五入？」

「四万だと落選、五万だと当選。昔、誰かから聞いたのだが」

「選挙資金は大体だけど、二本ね」

「二万円？」

「二万円で選挙運動ができるの？　うちはもちろんやらないけど、一票を買うにも二万円はかかるのよ」

咲子は憤慨するように言った。

「じゃあ、二百万？」

和真は二十万と言おうと思ったが、冗談のつもりもあり、つい二百万と言ってしまった。咲子は驚いたのか、しばらく声を失った。

「……だいたいの相場かしらね。うちはよく知らないから、明日ボスに聞いてみてね」

咲子は何か他人事のように言った。

ボス？　あの海千山千の、と和真は言いかけたが、不意に別の言葉が口から出た。

「僕はつまり村人の良心を買収するのかな？」

「買収なんて、和真、口が裂けても言ってはいけないよ」

「まあ、言わないが……」

いくらなんでも島唯一の人口六百人余の小さい集落の自治会長選挙に二百万もの破格の選挙資金を出すのは自分でも非常識だと思う。

村人と会う機会もない僕が突然選挙に出る……。買収する以外にはどのようなうまいからくりもないだろう。

「金額の話は明日必ずボスにしてね。うちからボスに電話しておくから」

咲子は僕の立候補が確定したかのように言った。

赤嶺島の保守系の党派、村長派のボスは保守系の歴代の自治会長の選対委員長を兼ねているという。咲子はボスの連絡先を和真に教え、天使のように純粋な和真が自治会長になったら島ががらりと変わるとほめたたえ、何度も振り返りながら出ていった。

咲子が僕に自治会長になるように勧めるのはボスの入れ知恵だろうか。

父に赤嶺島の村会議員になるように懇願したが、断られた。あの時の屈辱をボスは忘れたのだろうか。まあ、屈辱を屈辱とも思わない人間しか政治にはかかわらないとも思うが……。


平成二十七年、和真が中学三年の夏休みのある日、ボスが浦添市の和真の家にやって来た。

体つきは中肉だが、筋肉質の腕に血管の浮き出たボスは、父に赤嶺島に住居を移し、村議になってくれ、と頭を下げた。話の端々からボスは父の軍用地料に目をつけていると和真は感じた。いったいどうなるのか、興味がわいた和真は父とボスのそばから立ち上がらなかった。

「あんたは間違いなく当選する。百万出してくれないかね、見返りと言うわけではないが、当選二年後に議長就任を確約する」

ボスは目をギラギラさせながら青白いが、引き締まった父の顔を上目遣いに見つめた。

「あんたはいわば無職状態だろう？　時間や体を持て余すのは大変だろう？　議員になると死ぬような退屈から逃れられるよ」

この言葉に、うつむき加減だった父が顔を上げ、「断る」と一言強く言った。ボスはさらに何やら甘い話をいくつも持ち出したが、父はかたくなに目を閉じ、腕組みをしたままだった。

父は目を開け、ボスをにらんだ。

「自分は天から軍用地を与えられたんじゃないよ。米軍が先祖に銃剣を突きつけ、豊かな畑を強奪したんだ。先祖は非常に無念の思いのまま死んだんだ」

「強奪されたが、間違いなく大金を生んでいる。いいですかね、金の卵を産む鶏にたとえれば、金塊を吐き出すドラゴンだ。ドラゴンの形相はいただけないが、金塊は光り輝いている。あんたは本当に欲がないな。前にわしが赤嶺島ホテル建設の共同事業を持ち掛けた時、一蹴したのには驚いたよ。多くの軍用地主が大儲けするためにいろいろなものに投資しているというのに」

「赤嶺島出身の妻が、一度話を聞いてみたら？　と言わなかったら、あんたとは一生縁がなかったよ」

「奥さんと咲子は親戚だし、少女時代遊び友達だったから、咲子はわしの話も快く通してくれたよ」

「無職と言うが、自分はスーパーのガードマンをしているよ」

「スーパーのガードマン？　あんたなら小さいスーパーもすぐ買い取る資金もあるはずなのに。給料はせいぜい十万くらいだろうが、あんたは千円にしか感じないだろう？」

「……」

「ガードマンの仕事をしているあんたは立派だ。尊敬するよ。たいていの軍用地主は仕事をやめて、毎日家でゴロゴロしたり、遊びほうけたり、酒におぼれているというのに。働かないと次第に心と生活がむしばまれるよ。咲子から聞いたが、堅実な生活を送っている奥さんも立派だ。多くの軍用地主の妻はエステや宝石を買いあさっているというのに。また軍用地主は豪邸を構えるのがステータスなのに。あんたたちは普通にしか見えない家に住んでいる」

「……」

「あんたは別としても、誠に軍用地主は羨ましい限りだ。わしの名護市の知人は身寄りがなくて、死後が心配で、墓を造って安心しようとコンビニに盗みに入ったが、すぐ逮捕されたよ。極端と言えば極端だが」

父は微動だにせず、ボスを見つめ、「とにかく議員の話は断る」と有無を言わさぬように言った。

ボスは荒々しく立ち上がり、何とはなしにボスを玄関に見送った和真に何やら捨て台詞をはいた。

父が軍用地料という不労所得があるから、僕は一生涯毎日が日曜日と言う優雅な暮らしをする？　貧しいという赤嶺島には羨ましがっている村人も妬んでいる村人もいるのだろうか。


あの時から六年たった今、僕が赤嶺島の自治会長になりたいと言ったら、老獪に立ち回るボスに完全に手玉に取られるだろう。

ただどんなに強がっているボスでも、或いは何らかの実績を積んだ村長や村会議員や歴代の自治会長でも極端に言えば、極端じゃないかもしれないが、僕の軍用地料の前には間違いなくひれ伏す……たかが三千万円だから、ひれ伏さないだろうが……少なくとも欲しがるだろう。

ボスの名護市の知人は墓を造るために強盗をしたが……ボスの作り話のような気もする……軍用地主の僕の父はいとも容易に墓を改造した。ボスは海千山千だが、ボスの下、保守系の政党事務所に勤めている咲子をうまいぐあいに動かせばボスも、表面では平気を装うかもしれないが、僕に一目置くだろう。しかし、一体全体ボスに一目置かせる必要があるだろうか。

仕事内容もわからないし、第一僕は自治会長になる気はあるのか、ないのか、自分でもまだよくわからないのに。

和真が夕食を済ますのを見ていたかのように咲子からケイタイに電話がかかってきた。

「投票日は六月十四日だから、様々な噂が和真の耳にも入っているでしょう。自治会長選の応援演説を予定している村会議員たちは、あの学校はわしが造った、この道路を造ったのは俺だ、などと和真をそっちのけに触れ歩いているよ。和真が立つとはまだボス以外の誰にも言ってないけど」

「誰が立つのかまだわからないうちから触れ回っているの？」

「あの人たちは自分自身をアピールしているのよ。応援演説は二の次よ」

「自分が学校や道路を造ったという実感がほんとにあるのかな？」

「何でもかんでも自分の手柄にしたいのよ。……和真、美点考えたかしら」

小さい赤嶺島の自治会長候補者風情が口にするには大きすぎる問題だし、何より軍用地主の僕が言ったら偽善になると思ったが、「軍備拡張反対とか」と和真は言った。

「和真の美点が軍備拡張反対？　何それ」

「……」

「いいわよ、うちが考えたから」

「咲子さんが？　どのような」

「具体的には今からだけど、例えば、赤嶺島の美しい海を守る、とか」

美点を考えるように僕に宿題を出したのは形だけだったのか、と和真は思った。

「……咲子さんは僕の母と同じくらい海に魅了されているからね」

「和真のお母さんは海の泡から生まれたヴィーナスよ。明日必ずボスの家を訪ねてね。前にうちに話した二百万円をもって。午後二時に。いい？　お願いね」

咲子は念を押し、電話を切った。

昼間の咲子のいささか興奮した声が耳の奥に残り、また大雨の音も大きく、なかなか寝付けなかった。自治会長や議員はあまりにも現実的だ。僕はまだ全く見つけていないが、人生の光の道を歩むべきだ、生の証とはじっとしていても胸が高鳴る何かだ。和真は薄暗い寝室の天井を見つめ、何度も繰り返しつぶやいた。

ふとどうしたわけか、刺身の味を思い出した。

夫を亡くし、体調が思わしくなかった母の元に、去年の春、咲子が何度か料理や洗濯の手伝いにやってきたが、よく夕食のたびに滋養のある刺身の盛り合わせや烏賊墨汁を出した。母は生ものには箸が伸びず、和真が平らげた。咲子は買い物代金を渡そうとした母の手を抑え、「赤嶺島の村長のおごりよ」と言った。咲子は「お母さんと御子息が赤嶺島に移住してくださると自分は何十回、お二人に頭を下げても下げたりない」などといささか妙な……もしかすると父に村議立候補を断られたボスの進言かもしれないが……村長の伝言を母に告げた。

もやもやした群雲から満月が顔をのぞかせたように今年、令和二年の三月十五日、僕が赤嶺島の港に降り立った時の村長の僕に対する低姿勢と称賛が思い浮かび、現実に適応できない僕が少しでも適応するには、真人間ではない僕が少しでも真人間になるには……突拍子もなくかつぎ出されたのだが……自治会長に就くしか手段はないのかもしれないと思った。

お前は結婚もしていないが……よく考えたら二十一歳だから当たり前と言えば当たり前だが……子や孫に生の証を残すためには赤嶺島の自治会長になるしかないんだという自分の声が耳の奥から聞こえた。

誰から聞いたのか、よく覚えていないが、議員には政治が全く分からない人でも……タレントでも若い民謡歌手でも家庭の主婦でもすぐになれるという。また簡単な理由さえあれば、議会に出席しなくてもいいし、執行部に質問をしたくなければ調べ物など一切しなくてもいいという。自治会長も議員と似たり寄ったりだろう。


翌日の午後二時前、昨夜の大降りの雨はすっかり上がり、強い日差しの下、和真は献金なのか、選挙資金なのか、よくわからないが、箪笥の引き出しから出した二百万円を二等分し、デニムのズボンの後ろの両ポケットに突っ込み、赤い縁の布帽子をかぶり、ボスの家に向かった。

普通ならどんな選挙でも立候補者に争点や地域の課題などを村の広報係が聞くはずだが、……もっとも僕が立つ、と咲子はボス以外誰にも言っていないようだが、などと思いながら歩きつづけた。村民が選挙に熱狂している気配がどこにもないのは、僕が是が非でも自治会長に当選したいという気持ちがないからだろうか？　革新側から僕の対抗馬も立つというが、咲子の口ぶりには全く接戦にはならないというニュアンスが漂っていた。選挙にありがちな謀計にたけるとか、憎悪をむき出しにするとか、は一切なく、妙に静かな選挙戦になる。このような雰囲気を感じる。

途中、公民館の前を通った。

鉄筋コンクリート二階建ての公民館は赤嶺島の有力者が本土復帰前、高等弁務官資金を獲得し、建設したと、和真が中学生のころ母が言っていた。琉球政府行政副主席の赤嶺島来島記念の御影石の碑は米軍統治時代に建てられたが、毎日磨いているのか、くすみやカビの黒ずみが少しもなく、顔が写るほどの光沢がある。村人は心底からいまだに琉球政府行政副主席を尊敬していると和真は思った。

公民館前広場の隅に鉄棒とコンクリート製の滑り台があり、下は砂場になっている。和真は何の気なしに鉄棒にぶら下がってから、また歩き出した。

まもなくボスの赤瓦屋根、コンクリート平家に着いた。玄関の靴箱の上に「ダイヤモンドの境涯」と書かれた額が掲げられている。

「わしの作だ。昔から毛筆もやっている」

通された応接間には中国の歴代の皇帝が座っていたかのような至る所に装飾が施さ

れた豪勢な椅子と重厚なテーブルがある。

ボスは和真の視線を誘うように顎を上げ、天井を見た。白いクロスを張った天井には大きく世界地図が描かれている。

「毎日眺めているよ。わしが世界を駆け回る政治家になるように、との願いを込めている」

ボスはすでに五十歳にはなるだろうし……いまさら……なにより日本地図ならまだしも世界地図は仰々しいと和真は思った。

「咲子から聞いてわかっているだろうが、わしは自分が儲けようなど、これっぽっちも考えていないよ。赤嶺島のために、沖縄のために、日本のために、ひいては世界のためにお役に立ちたいだけなんだ」

大げさなボスの言葉に少し閉口した和真は話題を変えた。

「セクハラをした前自治会長に村長や村会議員が辞職勧告をしたんですか」

「政治家は全身からオーラを発しなければならないんだ」

「ボスは自治会長に立たないんですか」

「わしは名参謀に甘んじるよ。自治会長だけでなく、村会議員や村長にも目をかけなければならないからな」

ボスの噂を和真は生前の母から聞いている。那覇市のナイトクラブ経営にも西原町の養豚経営にも失敗し、借金返済の一助のために保守系の県議会の幹部に手を回し、赤嶺島保守系政党の事務局長の職に就いた。日頃から「赤嶺島を日本一住みやすいパラダイスにする」という名目を掲げ、具体的な使い途は判然としないが、広く寄付金を集め、「ボスは金のにおいに敏感だ」と村人に陰口をたたかれている。

僕が中学三年のころ浦添市の家に来たボスは確か筋肉質の中肉中背だったが病気にでもなったのか、目の前の痩身のボスは頬もひどくこけ、銀縁のメガネが鼻にずれ落ちている。顎を上げ、目を大きく見開いたまま、自分は絶対に一円たりとも私用に使わないと繰り返し和真に言う。すでに六年も前になるが、赤嶺島の村会議員になってくれと頼んだボスは僕の父に追い返された。あの時の屈辱や憤怒はやはりもう忘れたのだろうか。僕はあの情景をありありと思いだせるのだが。

「和真、今、君のような若者の血が欲しいんだ。赤嶺島の興隆に心血を注いでもらいたい」

金を出すように促していると感じた和真は二百万円を重厚なテーブルの上に置いた。ボスは何も言わずに受け取り、テーブルの引き出しに入れ、頑丈そうな鍵をかけた。

「領収書をいただけ・・」

和真の言葉を遮り、ボスは言った。

「本物の政治家になれるのは君のような無欲の者だ。政治家になろうと人を押しのける者は無能の政治家だ」

「領収・・」

「こんな小さい島のことでもマスコミがあることないこと報道するから、小切手や銀行振り込みはだめだ。また世間の目がうるさいから領収書の類は出さない」

「……」

「和真、この村には地縁血縁がある。立候補したら板挟みにもなる。自治会長になって何かをしでかしたら、また逆に何の要望にも応えなかったら、末代まで何を言われるか、和真、覚悟が必要だよ。覚悟はあるかな?」

仕事の中身を知らずにただ金を出しただけの和真はどう答えていいのか迷ったが、

「一応」と言った。

「何よりこんな小さい島だから、選挙に落ちたら大変だよ。何年もうわさにのぼる。勇気がないと立てないよ、和真」

怯えさせ、二百万円を返さずに、立候補辞退に追い込もうとしていると和真は突拍子もなく思ったが、「落ちたら大変なんですか?」と聞いた。

「落ちたら大変なんですか、などと君は自治会長選を軽く見ているようだが、赤嶺村の自治会長は子供会、青年会、婦人会、老人会の長も兼ねている」

「婦人会も？」

「兼ねている。いいか、自治会長から、村会議員、県会議員、国会議員になっていくんだ。落ちたらただではすまないよ。和真の人生が、ひいては君の選対委員長のわしの人生が狂うんだ」

自治会長ごときが、まさかと和真は思ったが、何も言わなかった。

「わしが死んだあと何十年も、あの男は頭がおかしかったと村人たちに言われ続けるよ」

落ちないために選挙資金をもっと出せと暗に言っているのだろうか、と和真は勘ぐった。

「だがな、和真、めでたく当選したら君の短歌を大きな琉球石灰岩に刻むよ。小学校の近くの老若触れ合い公園に建てるよ。君の栄誉を永久に残すよ」

和真は一昨年、十九歳の時、何もなしえなかった十数年の人生の悔いを、誰に習ったわけでもない、自己流の短歌に託し、沖縄本島の新聞に投稿したら、末尾に掲載された。こんな小さい記事をボスは覚えていたのか、と意外に思った。もしかすると僕の親戚の咲子が発見し、ボスに教えた？　だが、当選と短歌が関係あるのだろうか。何か偽善と言うか、僕を子ども扱いしているが、昔、父に会いにはるばる浦添市にやってきたのだから、今は反論せず、おとなしくしていよう。

「和真の当選は中央政党本部からの至上命令だよ」

中央政党本部からの至上命令？　この島に何か国家プロジェクトでも造るのだろうか。しかし、村長や村会議長ならいざ知らず、自治会長にも至上命令が？

「大きなのぼりを持った人を村の至る所に立たす。一人に二本持たすからのぼり代だけでも馬鹿にならないよ。何より膨大な人件費がいる」

「自治会長選挙は何かと大金がかかりますね」

ボスの大仰が鼻についた和真は皮肉を言った。

「企業の電話帳や卒業アルバムから島外にいる島出身者に協力を求め、また沖縄中の島出身者を残らず戸別訪問する。つまり、和真に票を入れてくれるように知人や親戚に電話させるんだ。投票資格は在住の人のみだからな」

投票日も近づいているのにこんなに悠長に構える時間があるだろうか、と和真は思った。

「国政選挙のように大がかりですね」

和真はまた皮肉を言った。

「和真の名前の入ったバッジや、選挙運動中に吹く呼び笛も、反対派の家も含め、村中の家庭に配る。和真の顔が載った名刺も作る」

たとえ国政選挙でもこのように仰々しくはないのではないだろうか、と和真は思った。

「まだまだ選挙資金が足りないんだ。和真、あと一声」

「一声？　選挙資金ですか」

和真は心底馬鹿にされているような気がしたが、なぜか急に催眠術にでもかかったような摩訶不思議な感覚に陥った。

「何事も勝つためだ」

「……じゃあ、十万上乗せします」

「二十万。二は縁起のいい数字だ」

二が縁起がいいとはあまり聞かないが、「二十万、家になければ、明日、農協からおろしてきます」と和真は言った。

「六月三日の立候補予定者説明会が午後一時からあるが、和真が難儀しないように代わりにわしが出ておく。午後三時から和真を励ます会を開催するよ。場所は公民館だ」

「わかりました。ところで、選挙公約ですが、赤嶺島の美しい海を守る、にしてください」

和真は総計二百二十万円も出すんだと自分に言い聞かせ、つべこべ言わさぬように言った。

「……和真の母親は海が大好きだったからな。よし、和真の選挙公約は、赤嶺島の大切な自然を子や孫に残そう、にしよう」

ボスは、具体的な施策を伴う福祉や教育や建設などの公約は自治会長ではなく、村会議員が担うという。

六

六月三日の水曜日。和真は食欲がわかず、朝食も昼食も菓子パンとコーヒーだけを摂った。朝から日差しが強く、気怠かったが、二時半、白い半そでシャツと黒いズボンをつけ、石垣に囲まれた路地を通り、「自治会長候補の和真君を励ます会」の会場に向かった。

地面の表面を薄く白い砂が覆った公民館前広場に大きな御影石の記念碑が立っている。ボスの家に行った日にも見たが、何十年か前に赤嶺島の視察に来た琉球政府行政副主席を顕彰している。少しはなれた所に本土の保守系団体から寄贈されたという大太鼓大の鐘楼がつりさげられている。

コンクリート造りの公民館の裏口から、いつものように黒髪を頭のてっぺんに丸く結った咲子が飛び出してきた。今日は洋服ではなく、丈が短めの縦縞の芭蕉布の着物を着ている。

「今さっき立候補説明会から戻ってきたわ」

咲子は紙の束を高く掲げた。

「和真、激励文がこんなに来ているよ」

「島出身の誠一から速達も来ているよ。和真と同い歳でしょう？　和真が今回立候補する旨、誠一の母親から連絡先を聞いて、うちがすぐ電話したのよ」

咲子はベージュの芭蕉布の着物の懐から手紙を取り出し、和真に渡した。

「開けてみたら？」

和真は開封した。

「朗読してみたら？」

手紙を？　少し変な感じがしたが、和真は読み上げた。

このたびは母上の出身地赤嶺島の自治会長立候補本当におめでとうございます。偉大な政治家への登竜門だと聞いております。和真の中学の同級生の、また同じ島出身の私もとても誇りに思います。お互いに二十代に入ったのだから我々がすべての分野の主人公になるべきだと漠然と思いはするものの、また新聞などでは二十代の著名人も見かけたりもしますが、自分には縁のないものだと変に冷めていました。今回の和真の決意には大いに啓発されました。自分も必死に頑張らなければと思います。自分たちの世代が社会の中枢を担うという実感がわいてきました。今後厳しい壁が立ちはだかるかもしれませんが、どうか古今東西の偉大な政治家の魂に触れ、丈夫の道を進んでください。遠く大都会の地からご健闘をお祈りします。

本当に驚いたのだが、今東京にいる、浦添市内の中学校の同級生の誠一は僕が立派な自治会長になるよう励ましている。

和真は在学中、ほとんど友人はいなかったが、浦添市に住む親戚の家から和真と仲西中学校に通っていた、赤嶺島出身の誠一とは何かとよく遊んだ。

誠一は赤嶺村のほとんどの青年たちのように腕や足は浅黒く、髪は縮れ、手足は短くずんぐりしていた。海のかなたの国の昔の豪傑の血が流れているという伝聞を証明するかのように相撲や砲丸投げの力がずば抜けていた。

どうも誠一が書いた手紙ではないようだと和真は思った。今彼が大学生なのか、あるいはどのような仕事についているのか、わからないが、彼は中学時代、作文はひどく不得手だったし、読書も嫌いだった。

選対事務所の演出というか、作戦が過剰だと和真は思った。嫌気がさしたが、「力が奮い立つ、いい手紙ね」と言う咲子に軽くうなずいた。

咲子の後ろから公民館内の小さい体育館を兼ねたホールに入った。和真は仰天した。テレビの激励会風景とは全く違う。

コの字形にずらりと並べられた長テーブルを前に簡易椅子に妙に厳かに座った五十人ほどの……中年の男女もいるが老人たちが一斉に和真を見た。

奥の方に座った七十歳前後の金色に染めた髪をオールバックにした、咲子が県会議員だという男が短い脚を大きく広げ、なぜか時々大あくびをしながら出席者を見渡している。胸を張り、腕を組み、座っていた、夏背広姿のボスが立ち上がり、この保守系のベテラン議員のグラスにビールを注いだ。オールバックの髪の男は「お前も飲め」とボスのグラスにあふれんばかりにビールを注いだ。ボスは「おっとっと、ありがとうございます」と恭しくグラスを掲げ、一気に飲み干した。

和真を認めたボスが舞台の端に置かれた大きなカセットデッキのスイッチを押した。大音響の日本国歌が流れ出た。和真は驚愕した。あっという間に出席者全員が立ち上がり、軍隊のようにキヨッケをした。和真もつられるように皆に倣った。前奏の後、人々は国歌を歌い出した。

今時信じがたい光景だが……戦前の実写フィルムにはこのようなシーンもあったが……ボス達の演出だろうか。

自治会長の立候補激励会に国歌を流し、出席者がいっせいに直立不動になるなど……当世どこにあるだろうか。

和真は思わず上下左右を見回し、戦前の日本の軍旗という旭日旗を探したが、見当たらなかった。

国歌を厳かに歌い終わり、全員元通りに座った。

一瞬和真は自分が異次元に迷い込んだように錯覚した。

オールバックの髪の男は和真を呼びつけ「選挙期間中、わしが応援演説をしてやるよ」と言った。「和真君と言ったかな？　わしはな、わしは何も怖いものはないよ。千人の前でも一万人の前でも仏の前でも鬼の前でも話ができるんだ。平気の平左だ。若い時は話をする前に必ずひどい動悸がしたもんだが」

ボスに演説を促されたオールバックの髪の男は立ち上がり、和真に敬礼し、両足の革靴をパチッと合わせ、「諸君」と出席者に話し始めた。

仰々しいしぐさの割にはありきたりのつまらない演説だと和真は思ったが、この男は次第に自分の言葉に興奮し、マイクを握り、首を左右に揺らしながら、目をむくようにしゃべり続けた。

「体育振興を……和真君と言ったかな？　和真君の公約にする。特に射撃、馬術の向上に尽力させる」と言う。戦前の「武術」教育を連想させるようなオールバックの髪の男の口ぶりは村人の頭越しに国を「ヨイショ」していると和真は思った。

ようやくと言うか、いつの間にというか、甚だしい時代錯誤に和真がぼんやりしている間にオールバックの髪の男の演説は終わった。

自分の席に戻ったオールバックの髪の男は和真を呼び、「飲め」と和真にグラスを渡し、泡盛を注いだ。酒が体質に合わない和真はグラスに口をつけ、巧みに飲むふりをした。

「和真君、忌憚なく言うが、人生は金だよ。金のない男は負け犬だ」

「負け犬ですか」

「和真君はかなりの軍用地料があるから、和真君には話してもいいだろう。和真君、何年か先の話だが、西の広々とした珊瑚礁は全部埋め立てるよ」

ひどくうろたえたボスが人差し指を口元に立て、「先生」とかぶりを振った。オールバックの髪の男は構わずに話し続けた。

「米軍の巨大な軍事基地を日本政府が造るんだ」

「……辺野古の海の話では？」

「何を言っているんだ。辺野古は何年も前にちゃんと着工しているよ」

「先生、どうぞ、どうぞ」

慌てたボスが両手を上下に振り、オールバックの髪の男に立ち上がるようにゼスチャーした。

「巨大な海上軍事基地が小さい沖縄に二つも必要ですか？」

和真はオールバックの髪の男を見つめ、言った。

「二つではまだ足りないよ」

「……」

オールバックの髪の男は「和真君、埋め立ては陸地が増えるんだ。国土が増えるんだ。日本国万歳だ」と高笑いし、「国土も増える、金も落ちる。万歳、万歳、万歳」と両手を高く上げ下げしながら連呼した。

「先生、もう時間ですよ。退場しましょう」

ボスが怒りを押し殺すように言いながらオールバックの髪の男の腕を強くつかんだ。

「アイタタ」

オールバックの髪の男は顔をしかめた。二人は一緒にふらつきながら会場の出口に向かった。まもなく戻ってきたボスが和真に言った。

「和真、部下の女から報告があったが、浜では革新系候補の応援演説がちょうど今行われているよ」

部下の女と言うのは咲子だろうか、咲子はこの会場にいるし……たぶん嘘だろうと和真は思った。

「こんなに早く街頭演説を？　立候補者受付日も告知日も四日後の六月七日ですよね」

「わしもびっくりしているんだが、沖縄県会議員が声を張り上げているんだ」

こんな保守王国の小さい島の自治会長選挙に？　革新系の県会議員が？　和真は信じられなかった。しかし、保守系の県会議員というオールバックの髪の男がやってきたのは事実だが。

「革新系候補の応援弁士は赤嶺島に米軍基地を建設するのを阻止しようとしている

んですか?」

「和真、軍用地料をもらっていても、君が罪悪感を抱く必要はないからな」

「罪悪感は抱いていませんが、群青色の海に面した珊瑚礁を埋め立てて、巨大な軍艦が接岸するなら亀岩は爆破されますよ」

なぜ口から突拍子もなく、生前の母から何度か聞いた亀岩が出てきたのか、和真自身わからなかった。一週間前、咲子が僕に自治会長に立つよう勧めた時、亀岩の亀の精とも仲睦まじくなる、などと言ってはいたが。

「亀岩の爆破?」

「革新派が言っています」

和真は落ち着きをなくし、あてずっぽうに言った。

「奇妙な発想をするもんだな、革新派の連中は。和真、完全無視しろ。全く笑いたくなるよ」

ボスは近づいてきた咲子に合図を送った。咲子は壇上のマイクを握り、沖縄担当大臣、本土政界の大物衆参議員から届いた祝電を一言一言はっきりと読み上げた。政治の何たるかもわからない、全く素人の僕宛に……ありふれた似たり寄ったりの内容だが……和真は信じられなかった。誰かがパターンにのっとり送った祝電に過ぎないが、テレビの全国放送によく顔を出す大臣や議員の名前と自分の名前があまり間をおかずに読み上げられると、大臣や議員と僕が昔から周知の仲のような錯覚に陥り、心ならずも胸が高鳴った。こんな大物たちから僕に祝電が……和真は大人げないとわかっていたが、一瞬自分も大物だと思った。

咲子の合図により、今時どこにもないような時代遅れの大きな木目模様のアコーディオンカーテンが開き、舞台が現れた。

咲子が司会進行、案内の二役をこなした。

舞台の上の抽選会を見ながらオードブルの軽い会食が始まった。老人たちに「旅行カップル券」「犬のぬいぐるみ」「買い物券」等が当たった。咲子が十何人か目の当選者の名前を読み上げた。同姓同名の老女が舞台に近づいた。あたかも双子のようにふさふさの白髪も優雅な物腰も実によく似た二人の老女は咲子の提案により商品の五キロの白米をめぐりジャンケンをした。

抽選会が終わり、婦人会の八人のメンバーが舞台に上がり、円陣を組み、赤嶺島に伝わる古い奉納舞踊をあたかも目の前に神仏がいるかのように厳かに踊った。ボスが飛び入りをし、ぎこちなく踊ったが、すぐヤジが飛び、老女たちに舞台から引きずり降ろされた。

赤い鉢巻をした女子小学生五人が琉球舞踊の谷茶前節（たんちゃめぶし）を舞った。琉球舞踊の基本は「腰」だと和真も知っている。一人のふくよかな体つきの少女の腰の低さは踊りなれた大人の女のように妙になまめかしかった。

これが僕の立候補激励会なのだろうか。和真はどこか現実のようには思えなかった。選挙とは何の関係もなく、老人会も婦人会も子供会も自分たちをアピールし、自分自身に夢中になっている。僕の存在を無視し、挨拶どころか顔を見ようともしないが、立候補するのは誰なのか、ちゃんとわかっているのだろうか。

僕に関心を示しているはずの大物政治家たちも……僕が思ったとおり……嘘っぱちに見えてくる。

老若男女が何やらお互いの自慢話をしている。老人たちはどこの誰が大腿骨を骨折したとか寝たっきりになったとかの話に口角泡を飛ばしている。婦人たちは少年少女に近いうちにカレーライスやハンバーグを作ってあげるなどと約束している。

このような他愛ない話や行動が僕をどう激励しているというのだろうか。

戦前は列強各国とも独裁者を国民が祭り上げたというが、この人々は僕を……もちろん独裁者ではないが……祭り上げる気は毛頭なく、少しの期待さえしていないように思える。選挙に貪欲でもなく、何かを渇望もせず、ただ騒いでいる。選挙は昔からボスと咲子にすっかり任せている。自分たちは常に蚊帳の外だという風に騒いでいる。この島は時間の針が進んでいないように和真はふと思った。

いつだったか浦添市にいたころ、「選挙が近づくと親子も親戚も喧嘩に明け暮れる」「仲良しこよしも口を利かなくなる」「誰を推すか、若いころは自分より先輩の考えが正しいと思っていたが、今は自分の考えが絶対正しい」などという市会議員選挙の運動期間中熱気を帯びた人々の声が和真の耳に飛び込んだが、保守王国と言われる赤嶺島の村人が分裂するとは……いつだったか、また誰だったか、よく覚えていないが……たしかボスか咲子が、分裂するかのように僕に言っていたが……全く思えなかった。

選対事務所は労を惜しまずに何が何でも僕を当選させようとはみじんも考えていないのではないだろうか。ボスや選挙応援の大物たちの言葉は僕とは無縁の大言壮語に思える。

村人が選挙に無関心に見えるのは、自分がどの候補に、と言うより誰だろうと保守の候補に投票すると固く決めているからではないだろうか。何も僕でなくても……スキャンダルさえなければ……誰でも保守派から立つのなら絶対に当選するという雰囲気に満ちている。

ボスと咲子は泡盛の一升瓶を抱え持ち、支持者たちの間を回っている。

僕の名前の入ったバッジや呼び笛、僕の顔入りの名刺を作成している気配は全くなく、小・中学校の卒業アルバムの名簿から赤嶺島出身者を探し出し、選挙協力を依頼するという話もただの話のままになっているように思える。ボスは金持ちの世間知らずの僕を子ども扱いしている？　僕は親戚の咲子にさえおちょくられている？

和真は眉間にしわを寄せ、ボスに近づいた。ボスは泡盛の一升瓶を咲子に手渡した。

「オールバックの金髪男の話は真実ではないですか」

和真は語気を強め、聞いた。

「彼は酔っていた。辺野古とこの小さい島をごっちゃに考えた。すべて辺野古の話だよ、和真。赤嶺島とは全く無関係だ」

「確かに赤嶺島の話でしたよ」

「寄らば大樹の陰と言うではないか。和真、これからは大物と付き合え、いいな、小物は無視しろ」

ボスは話をずらした。

「埋め立てを餌に国に金を落としてもらわなくても、小さい島なんだから、和真が軍用地料を落としてくれたら十分だよ」

ボスは不自然に大笑いした。二本の一升瓶を足元に置いた咲子が和真、と声をかけた。

「米軍基地反対を叫ぶ革新の県会議員の声が、あの先生の頭に残っていて、あんなトンチンカンの話をしたのよ」

「咲子、トンチンカンと言ったら大変失礼になるよ」

ボスは大げさに周りの人たちに目を配りながら言った。

先ほど応援演説の革新系の県会議員が浜にいたというのは本当だろうか。たぶん嘘だろう。革新の選対事務所はあるのかないのかわからないくらい小さく、運動員はいるのかいないのかわからず……僕の対抗馬は確かにいるらしいが……最小限の形を整えているだけのように思える。

咲子は近くのテーブルの上にあるブルーの紅型模様のかばんを開けた。

「プレゼントよ」

咲子が手渡した茶色の布製の帽子は首もあり、一見蛙に見えるが、よく見ると甲羅の模様があり、亀の形をしている。

「うちの手作りと言いたいけど、うちはどうしても嘘のつけない質なの。那覇の百均の品よ。うちのワンちゃんにかぶせようと買ったけど、とがった耳が邪魔なの」

「もともとは犬用……」

「選挙運動中はうちの女友達が炊き出しの責任者になるからね。和真、当選したらうちらの赤嶺島を活性化する女性の会に入ってね」

「男も入れるの？」

「和真は特別会員よ」

「当選の確率は百五十パーセントだ」とボスが言った。

「和真、当選祝いにはうちが戻り駕籠をお披露目するからね。うちの太く短い蟹股足とボスの細く毛むくじゃらのヨーガリー（痩せた）足とのコンビだから今から楽しみにしていてね」

「戻り駕籠」は二人の駕籠担ぎと乗る人とのコミックな比較的短い歌劇のような沖縄芝居だったと和真は覚えている。乗る役は僕なのだろうか。和真は気乗りしなかったが、じっと返事を待っている咲子にうなずいた。

ボスが咲子に顎をしゃくった。咲子は舞台に上がり、マイクを持った。

「ようやく村長が到着しました。では、村長、サイゴの挨拶をお願いします」

咲子はでっぷり太った、赤ら顔の村長にマイクを渡した。

「わしは確か九十を越しているようだが、最期じゃないよ。わしは百歳の誕生日に死ぬんだ」

村長は中年の二人の太った女にわきや腰を支えられながら舞台に上がった。

「四日後に和真君の対抗馬は立候補の届け出を午後の満潮に合わせるようだが、わしらの和真君は朝一番に届け出を済まそう」

九十四歳の村長は、言葉ははっきりしているが、ありきたりの陳腐な挨拶を長々と述べた。「出陣式には浜に下りる。本島から呼ぶユタの後ろに全員座り、一緒に必勝のウートートー（祈願）する」という新奇な言葉だけが和真の頭に残った。

村長の挨拶が済み、大音響の国歌が流れた。

七

六月七日日曜日の午前九時に告示が出た。

村役場内の選挙管理委員会……自治会長選挙に村が関わっているというのも不可解だが……に出向いた和真は午前十時朝一番に立候補者届け出を済ませた。

村役場の玄関入り口と公民館前の掲示板に和真と対立候補の青年のポスターが貼られた。公民館の屋根に設置されているスピーカーと坂の上の電柱に括りつけられているスピーカーから自治会長選挙を知らせる若い女性の声が流れ、いよいよ一週間後の投票に向け、選挙運動が始まった。

四日前、「自治会長候補の和真君を励ます会」の締めくくりに村長は「本島からユタを呼び寄せ、必勝祈願をさせる」云々と言っていたが、祈願式はなく、ボスの家兼選対事務所に集まった少人数の支持者たちと小規模の出陣式をした後、和真と咲子は選挙管理委員会から受け取ったたすきなど選挙七つ道具を持ち、咲子の女友達の夫だという髭づらの男が運転する軽トラックの選挙カーに乗り込んだ。ボスは選対事務所に待機し、三日戦争に入ったら同乗するという。

和真は心ならずも咲子の指示通り、軽トラックの荷台から村人たちに大きく手を振り、声を振り絞り支援を訴えた。

ゴロ石を積んだ石垣のわきの小さい広場に生えている、「夫婦」だと咲子の言う二本のクワァディーサー（コバテイシ）の大木の木陰に何人かの男女が涼んでいた。

「立会演説をしましょう」

咲子は軽トラックを停めさせた。日差しが強く和真は大きな葉影に入った。咲子に「投票してくれる人たちに必死さを見せなければだめよ」と言われた和真はいやいやながら炎天下に立ったが、咲子と運転手は何気ないように木陰にいる。

出発前、咲子から手渡された演説原稿を今、開いた和真は、わが目を疑った。咲子が作ったのか、選対事務所の誰が作ったのか、知らないが、少しも人の胸を打たない、紋切り型の原稿に開いた口がふさがらなかった。昔から何十回も使われてきた原稿の日付と固有名詞を書き換えただけだと思った。しかも方言表記はすごく読みづらく、和真は咲子を呼び、「標準語に直すように」と要望した。ところが咲子は「票になるのはお年寄りよ。お年寄りは赤嶺方言をとても喜ぶのよ。あんたは何を言っているの」と声を荒げた。

和真はしぶしぶ時々顔を上げながら原稿を読んだ。保守派の宣伝カラーの紫の鉢巻をした二人の老女が互いの腰に手をあてたまま、暑い陽光にさらされた和真をじっと見ている。

村民気質はぼうとしている。このように自分に言い聞かせたからか、和真は人生初の演説だが、さほど緊張はしなかった。

しかし、やはりどこか緊張していたのか、是が非でも僕を当選させてくださいという気持ちはなかったにもかかわらず、声に力をこめ、こぶしを突き上げた。

何度もこぶしを突き上げているうちに、ふと人生の道を模索している自分を鼓舞している、という錯覚が生じた。この世に生を受けた時、両親は喜んだはずだが、物心つくころから父や母はともかく一度も人から注目されなかった……軍用地料は確かに注目されたが……僕を人々が見つめ、声を聴いていてくれる。ああ、さわやかな風が僕の頬を撫でる。「神様、仏さま、和真様」と声を出し、僕に手を合わせる老女もいる。大仰とも感じたが、このような聴衆に僕は必ず当選しますと言いたい衝動にかられた。

原稿の立候補の趣旨は「赤嶺島の大切な自然を子や孫に残そう」なのだが、左腕がだらりと垂れた痩せた小柄な老人が「海を埋めるな。軍隊反対」と叫びながら和真に小石を投げつけ、すぐ立ち去った。

今しがた咲子とボスにいささか感謝さえしたくなったのだが、急に僕は聴衆を欺いているのでは、と思った。

僕は「赤嶺島の大切な自然を子や孫に残そう」としか言うつもりはないのだが、あの老人は僕を埋め立て賛成派と考えているのだろうか。

咲子が駆け寄ってきた。

「あの人は例外よ。無視して。変人よ」

「左腕が不自由のようだったが」

「七十五年前、戦傷を負ったのよ」

「戦争被災者を変人と言うのは……」

「あのようなわずかな人以外は全部和真の味方よ」

咲子は演説を続けるよう促した。

和真は何とか声を出したが、何度もとちり、なかなかうまく言葉にならず、焦った。

和真は演説をやめ、軽トラックの荷台に上がり、座り込んだ。

咲子は「初日だから、しょうがないかしらね」と言いながら助手席に乗り込み、運転手に「昼食にしましょう」と言った。

和真たちは昼食時間には少し早かったが、一応まっすぐ選対事務所に戻った。

気が重くなった和真は沖縄そばを食べ、ボスと何やら話し込んでいる咲子を尻目に一人外に出た。

白い砂浜を歩いた。深く吸い込んだ潮風が胸に広がり、体がふわりと軽くなる。靴を脱いだ裸足の裏から力を秘めた何かが伝わってくる。膨大な死んだ珊瑚のかけらに混じった……昔、母から聞いた……七色に輝く夜光貝のかけらを拾いながら歩き続けた。

どこがどうだからと具体的には言えないが、海は間違いなく人をはぐくみ、受容する。海は僕の母だけではなく、万人に安らぎを与える。海には人間社会のように偽善や欺瞞がなく、純だ。いつだったか、咲子は僕を純だと言っていた。大仰だが僕は海だ、とも言える。

和真は潮が引いている珊瑚礁を彷徨した。生前の母から何度も聞かされた亀岩だが美しくも力強くもない、ただの岩に見えた。本島には海から顔を出している、堂々たる岩がいくらでもあり、どこか崇高さを漂わせている。

亀岩のギザギザの鋸歯の岩肌や、てっぺんのわずかな窪みに生えた低い海浜植物はありふれている。陽に神々しく輝くわけでもなく、枝ぶりのいい琉球松が生えているわけでもなく、本島の海岸に点在する奇岩、向こう側が見える通り岩、キノコ岩に比べ、見劣りがする。

しかし、他の海の岩に僕の魂が震わされないのは僕の母と無縁だからだろう。亀岩は母が亡くなった今、止まった時間の中にポツンと立っている。昔と変わらない形をちゃんととどめているが、母とともに生き続けている。このようなよくわからない感慨がわいた。周りに岩がなく、孤立しているせいか、亀岩は妙にさみしげに見える。

亀岩は音楽や香りと同じように瞬時に母を少女のころに引き戻す。

亀岩も辺野古と同じように埋め立てられるという予感が和真を身震いさせた。母の時間が凝縮した風景が永久に消える。亀岩が完全に消えた時、母を思い出す僕の力も消えてしまう。僕の人生のエネルギーも消える。

ああ、一度でも母と一緒に赤嶺島に来ていたら母と僕と亀岩を（一緒に撮った写真を見るように）記憶の中からいつでも取り出せたかもしれないが。

ふと浦添市にいたころ耳にした噂が彷彿した。沖縄戦の激戦地の本島南部の大量の土砂が辺野古新基地建設に使われるようだが、この土砂には戦没者の遺骨が混じっているという。

これでもかと言わんばかりに波がぶち当たっているせいか、亀岩が動いていると和真は錯覚した。辺野古の埋め立てが頭をよぎり、木っ端みじんに破壊される亀岩を連想した。

悠久の時から亀岩を見守ってきた膨大な珊瑚も死滅する。珊瑚礁に生息する生物も死に絶える。海の埋め立ては戦争のように人の命は奪わないが、かけがえのない何かを壊す、と和真は思った。他所から島に来た人……僕も三か月前に来たばかりだが、僕は母と同化している……の目には亀岩はありふれた岩に映り、儲けのために破壊しても心は痛まないだろう。海を埋め立てる人は海に一つも思い出のない人だと長い間思っていたが、沖縄各地の埋め立て地のニュースを見たら、海沿いの村に生を受け、長年日々を暮らした人も埋め立て賛成派になっていた。

一時間は歩いただろうか。海岸の水際に、間違いなく戦争中に落ちた艦砲弾の穴が開いている。

赤嶺島は沖縄の他の地域のような戦闘は全くと言っていいくらいなく、満潮時には水深が一メートルになるこの穴が唯一の戦争遺跡だと生前、母が言っていた。島の人たちの噂では、本島を攻撃した後、帰路についた米軍の爆撃機があまった爆弾を落としたという。

和真はこの穴を唐突に「平和の水泳教室」と名付け、下着だけになり、浸った。波とともに押し寄せてきた体長二、三センチの色彩やかな小魚の群れが和真の顔にしきりにぶつかった。


僕の立候補はボスには「渡りに船」だっただろう。一期は何年か知らないが……七期連続当選の、不祥事続きの保守系の長老自治会長を下ろさざるを得ないのだが、この機会に何か自治会、ひいてはボス自身に金が入らないか、策略を練っていただろう。

長老自治会長は年を取り、心の制御がきかなくなったのか、生まれつきの性向が今頃現れたのか、港近くの飲み屋のホステスのみならず、村役場の女子職員にも手を出した。長老自治会長の女道楽に耐えかねた十五歳年下の妻は酒を覚え、たちまちアルコール中毒になり、夫婦は互いに暴力をふるった。

月収十五万円の自治会長になりたがっている保守系の人も少なからずいたが、喧嘩腰になり、互いに譲らず、収拾がつかなかったという。すなわち僕は漁夫の利を得たのだろう。漁夫の利なんかではなくボスが……生前の、赤嶺島出身でもない父に村会議員になるようにわざわざ勧めに来るくらいのボスだから……間違いなく僕の軍用地料を狙っている。自治会運営や村の振興などのためではなく、私腹を肥やそうとしている。

僕の出した選挙資金二百二十万円のうちどれくらいボスの懐に入るだろうか。今となってはもうどうでもいいのだが。

政治も行政も世間も全く知らない、中卒の僕に七期連続当選の古参の自治会長の代わりが務まるだろうか。まあ、浮気を繰り返す古狸のすぐ後だと僕が物事の何かもわからなくても、特に女性たちには新鮮に映るはずだが。

僕が保守系の自治会長の候補を引き受けたのは、村人のためではなく、邪心と言うか、エゴと言うか、自分の人生に何かを残したいという止むにやまれぬ思いから、のように思える。

新聞に載っていた辺野古の写真の断片が思い浮かんだ。ゲート前の大型ダンプカー、沖合の運搬用台船、護岸周辺に張り巡らされたオイルフェンス、威圧感のある海上保安官や警備員が乗ったボート。

赤嶺島の海を埋め立てる罪は、あの女たらしの長老自治会長の罪に勝るとも劣らないと和真は思う。

海の埋め立てというのはいったん動き出したら、万人の力を結集してももはや止めようがないのだ。僕が自治会長候補を辞退し、浦添市に転出すると言い出したら、海の埋め立てをやめるから島にずっといてください、と懇願に来るだろうか。懇願など絶対しないだろう。

僕の目も心も対立候補の革新系の青年には向かず、ボスと咲子に向いている。僕は中卒の世間知らずとはいえ、母の意志……直接聞いたわけではないが、美しい海を永久に残すという意志を持っていたと思う……を引き継ぐという誇りがあるのだが、ボスのみならず、母の親戚でも友人でもある咲子にも、また島の人たちにもいいように踊らされている。善も悪も美も醜も飲み込み、自治会長になるという執念がないのは、僕が……照れくさいが……純だからだろうか。咲子は「和真は純」と言ったが、今となってはあの言葉も怪しいもんだ。いや、もしかすると前の自治会長の悪行にほとほと参った村人は本心から僕の当選や就任を望んでいるのでは？

ボスは「赤嶺島の大切な自然を子や孫に残そう」が公約と言っているが、どうしても珊瑚礁の海が埋め立てられる予感がする。

立候補を辞退したら、僕は浦添市に移り、パチンコ三昧の日常に戻る？　今の迷いを耐え忍んだら修行僧のように何かを悟れるだろうか。

八

選挙告知日の数日前から熱帯夜が赤嶺島を覆っていた。熱は隆起石灰岩の石垣や、白い砂が薄く覆った大通りや路地にしみこみ、なかなか消えなかった。母の生前、咲子が西日よけに窓際の庭に植えたという二種類の広葉の蔓性植物は枯れている。

僕の赤嶺島への移住は正しかったのか、間違っていたのか？　亡くなった母にいざなわれたのは正しかったが、自治会長になろうと決めたのは間違っている？　ただ来島以来島に包まれているような感覚はずっとある。このようにここに座り、この庭を母も、母の話に出てきた祖父母も見ていたのだろうか。部屋に差し込んだ西日の熱がこもり、和真は一晩中寝苦しく、じとっとした汗が首筋にまとわりついた。

予定どおり二日目の選挙運動をこなし、「コーヒータイムで疲れ直ししない？」という咲子の誘いを断り、家路についた。日が落ちかけ、両側から石垣に挟まれた赤嶺島一の大通りも幾分薄暗くなっている。

二百二十万円はさほど惜しくはないが、やはり立候補を辞退し、元の浦添市に移り、パチンコ漬けの日常に戻ろうか。和真は暗い思いを引きずりながら大通りから路地に曲がった。目の前に琉球絣の着物をまとった小柄な体の割には耳たぶが変に長い、七十代にも八十代にも見える老女が立っている。

妙な人物が現れたもんだと和真はぼんやり思った。全く見覚えはないが……出席した老女を誰一人と覚えていないが……僕を励ます会にいたのだろうか？

通り過ぎようとした和真を「あい、あい、亀の精」と耳たぶの長い老女が呼び止めた

「亀の精と言いました？　あの海にいる亀？　精とは、あの木の精とか、妖精？」

耳たぶの長い老女は地肌が透けて見えるようなゆるいパーマ髪をかきあげ、小さい頭を和真に突き出した。

「戦争で本島の南部に逃げたんだけど、爆弾の破片が当たって、頭が剥げたんだよ。脳は何十年も大丈夫なんだけどね」

「……僕が亀の精？」

「おまえだよ」

「僕に思い当たる節は……」

「おまえは亀の精だよ」

僕を亀の精だなどと思っているなら脳は大丈夫ではありません、と和真はふと言いかけた。しかし、耳たぶの長い老女がかわいいピンクのゴム草履をはいているせいか、薄気味悪くはなく、強く否定する気も起きなかった。

一瞬「亀の精」は僕の選挙の大きなスローガンと言うか、セールスポイントにならないだろうか、亀の精というネーミングを選挙チラシに使ったら？　と思った。

……咲子からもらった帽子はまだ一度もかぶっていないが、たしか甲羅模様だったはずだし……耳たぶの長い老女の言葉を皮切りに僕を「亀の精」と言う人はネズミ算的に増えるのではないだろうか。

和真が老女の出方をうかがっていると茶色の毛の子犬が近づいてきた。

和真は探りを入れるように「ほら、子犬も僕にしっぽを振っていますよ。僕が亀の精なら吠えたてるはずですが」と言った。

このおばあさんは頭がおかしいのでは？　という顔をしたつもりはないが、耳たぶの長い老女は「うちを怪しんでいるのかね。顔に出ているよ。うちの脳は未だに健全と言わなかったかね」と言った。

「亀の精と言うのは海の守護神ですよね。亀の精と決めつけられても僕はまったく気にしないどころか、むしろ光栄です。しかし、なぜ僕が亀の精ですか？　該当者はたくさんいるでしょう？　神のような美点を持っている人間が」

「亀の精はおまえだ」

語調とは裏腹に耳たぶの長い老女は穏やかな目をしている。

「僕は多額の選挙資金を出したから亀の精になったんですか？　この島では亀の精になるのも金がものをいうんですか？」

和真はなぜかとんまな質問をした。

「馬鹿者。亀の精は自然を守るんだ。金は自然を破滅に追いやる」

「自治会長は誰でもなれるから、僕は誰もがなれない亀の精になるのですか？」

和真は自分が何を言っているのか、わからなくなった。

「自治会長に当選し、五穀豊穣、大漁などを推し進めるようにと咲子という人が僕に言っていたが、もしかするとこのような仕事は亀の精が担うのでは？　僕が亀の精？　僕には何か神通力でもあるんですか？」

「うちは玄関で転んで、弁慶の泣き所を打って、那覇の病院に行ったんだよ。骨は折れていなかったけど、三日間個室に入ったんだよ」

耳たぶの長い老女は話題を変えた。

浦添市にいたころ、老人が病院の個室に入ったらほどなく「認知症になる」というテレビの「健康」番組を見たが、この老女は何ともなかったのだろうか。

「おばあさんは一人暮らし?」

「一人の生活が長いから、村のみんなが選挙、選挙と騒いでいると落ち着かなくて、早く家に帰りたくなるよ」

「家はどこ?」

「亀岩だよ」

「亀岩? 赤嶺島の西の海にある、あの?」

亀岩に亀の精は住んでいる。亀の精は僕だという。耳たぶの長い老女は亀岩に家はある。僕と耳たぶの長い老女は何の因縁が……。

「本気にしたのかね。冗談よ。家は村はずれにあるよ。孫娘が日に一回、見に来るよ。夕飯作って、ふろに入れて、寝かせてから帰るよ」

「孫がいるんですね」

「血は延々とつながっているんだね。あんたはあんたのおじいに瓜二つだよ。あんたのおじいも二十歳のころは美男子だったよ。昔、島の男は骨太が多かったが、あんたのおじいは一段と屈強な体をしていたよ。ほかの青年より頭一つ高く、筋肉が盛り上がっていたよ。櫂をこぐとき、何時間も正座するから特に上半身ががっしりしていたよ」

「僕は美男子ではなく、体も貧弱です。おじいと正反対です」

「うちは若いころ、あんたのおじいに西の海に連れていかれたんだよ。うちは緊張したのか、突然泡を吹いて、体が痙攣したんだよ。あんたのおじいは青ざめて、慌てて、潮水をかけ、うちの柔らかい体を何度もさすって、痙攣を収めたんだよ」

ふと和真は生前の母から聞いた、母がまだ赤嶺島にいたころに四十歳を目前に亡くなった……浦添市の家の仏壇に豊かな黒髪の遺影が立てかけられていた……あの祖母が今、話しているような気がした。

「おばあさんが泡を吹いた？　蟹みたいに？」

「蟹？　あんたはうちを馬鹿にしているのかね」

「泡を吹くのは蟹、だとつい思って」

「うちはあんたのおじいの子を宿したんだよ」

「えっ」

「にらを食べさせられたんだよ。亀の精の子をはらんだ場合、にらを食べたらおなかからおりるんだよ」

「僕の祖父が、茂と言うんですが、つまりは亀の精なんですか」

「今じゃないよ。若いころだよ。女の体はどうなっているか、わからないよ」

訳が分からなくなった和真は、耳たぶの長い老女に矛盾を気付かせるように言った。

「亀の精は海の守護神だからおろさなくてもよかったのでは？　むしろ名誉では？」

「おまえのおじいも、おまえも亀の精だよ」

耳たぶの長い老女があんた、と言ったり、おまえと言ったりするのも少し気になるが……亀の精の子をはらんだという話は……やはり病気なのだろうか。

あの頃サバニ（小舟）は沖縄本島でも周辺の島々でも激減していたが、母の父の茂は毎日早朝、サバニ漁に出ていた、と生前の母から聞かされた。

長い砂浜から突き出た赤嶺島の小さい船着き場に茂のサバニが接岸していた。明け方茂のサバニが出るころには、前日の夕方蟹が戯れていたアダンの実も海面を漂いながら沖に運ばれていった、と母は僕に話した。

「親戚の咲子さんは自治会長にするために、僕を浦添市からこの島に移住させたようですが、本当は僕は亀の精になるためにこの島に来たんですか？」

和真はまたトンチンカンの質問をした。僕の母も昔、亀の精を見たそうです、と言いかけたが、口をつぐんだ。

耳たぶの長い老女は饒舌だが、和真の問いかけには一切答えず、黙ったまま痩せた背中を和真に向け、子犬と一緒に路地の角に消えた。

なぜ耳たぶの長い老女は僕の祖父の茂と結婚しなかったんだ？

僕の祖母に嫉妬心を燃やしながら茂に思い焦がれた？　情熱に自身が燃えつくされた？　茂の死後も茂への思慕の情が忘れられず、ついに茂を亀の精にしてしまった？

自分ではなく、別の女と結婚した茂に復讐するために僕を亀の精に変身させ、貶めるつもりでは？

祖父の茂も亡くなり、祖父母の娘の母も亡くなったのに、あの耳たぶの長い老女だけが生きているのが……当たり前と言えば当たり前だが……不思議な気がする。あの耳たぶの長い老女は祖父が僕に乗り移っているとでもいうのだろうか？　耳たぶの長い老女が言うように僕自身が亀の精だと信じたら……なかなか信じがたいが……いささか大仰だが、珊瑚礁の海と一体化できるように思える。

九

選挙運動三日目の早朝、和真は一人島の東の家から島の西の海に向かった。まだほの暗い砂浜を懸命に駆けた。海の気をたっぷりと吸い込み、もともと体は弱いが、うそのように息は荒くならなかった。

砂浜の沖の方に、耳たぶの長い老女の言う……咲子の言う……生前の母も言っていた……亀岩がぼんやりと姿を現している。

和真は中学二年のある日、母から亀の精の話を聞いた。

結婚前の娘時代、母は父親の茂にせがみ、サバニに乗り、珊瑚礁が切れたあたりの外海を遊覧した。あの時、亀岩の岩陰に何かが石のようにじっとしていたが、母は茂に指もさせず、声も発せず、家に帰ってから我に返り、あの目撃したものの正体は亀の精だったと気づいたという。

和真は朝日が昇った砂浜の向こう側の広大な珊瑚礁を見続けた。

海は赤嶺島を囲むものではなく、赤嶺島が広がったもののように思えた。珊瑚礁は満潮になると海になり、干潮になると陸になる。毎日海が広くなったり、陸が広くなったりする。幸は水平線のかなたから赤嶺島に運ばれてくる。珊瑚礁が見渡す限り陸に変わる時、女性や子供も貝や蛸や海藻など海の幸を容易に手づかみできる。

初来島の三日後、和真は砂浜から潮の引き始めた珊瑚礁に下り、冷たい海水に足を浸しながら沖のほうに歩いた。ナマコやクモヒトデはじっとし、シオマネキやトゲアナエビが逃げた。

干潮時のあの時は礁池の周りは干上がっていた。至る所にある礁池の縁にも内壁にも様々な珊瑚が生え、多様な色のスズメダイ、テングカワハギ、チョウチョウウオが泳ぎ回っていた。

透き通り、陽にキラキラ輝く礁池の水の中には生きているのか変形した石のかけらなのか、わからない生物も少なくなく、あたかも無から有が生まれたかのような錯覚が生じた。

礁池には口がとても小さい熱帯魚やタツノオトシゴもいた。矢のように素早く泳ぐ魚も、海面にぴちっと跳ね上がる魚もいた。赤と青の縞模様が鮮やかな海蛇が体をくねらせながら泳いでいた。

あの時、和真はとつぜん少女のころ父親の茂と釣りをしたという母の話を思い出した。

細く小さい釣竿を持ち、礁池の縁に立ち、釣り糸を垂らしている母と祖父が幻のように和真の眼前に現れた。

大小の色とりどりの魚が頻繁に宙に舞った。竿を握った白い手に伝わる感触や、次はどんな魚が青い水の中から出現するのかしらという思いが母をずっと興奮させた。

礁池に住み着いているミーバイ（はた）は餌を沈めた途端、飛びついた。母は驚喜した。母と祖父は礁池のミーバイを全部釣り上げた。

だが、母の話では、翌日には同じ礁池に数十匹も住み着いているという。珊瑚礁の一か所から貝や蛸をとりつくしても何日もしないうちにまた同じ場所にはい出てくるという。

あの日の翌日、初来島の四日後、和真はいつの間にか珊瑚礁の縁に立っていた。足元のすぐ先は十数メートルの群青色の海になっていた。海底の構造はわからないが、この縁から五十メートルほど先に亀岩はポツンと浮いているように見えた。亀岩はてっぺんにわずかに生えた低い海浜植物以外に木らしい木はなく、太古以来波に浸食され続けている鋭い鋸状の岩肌は不気味に黒みがかり、漁場ではなく、……亀の精の伝説はあるが……祈りの場でもなく、昔から赤嶺島の人たちもどう対したらいいのか判然としない、と母が言っていた。

和真の足元は波が荒く、濃紺の海水が白く激しく砕けた。危険極まりなく、水にさらわれないように足を踏ん張った。

亀岩は海面からの高さが五、六メートル、幅も五、六メートル、長さは二十数メートルのように思えた。形は母の言葉通り亀に似ているが、凝視すると鯨や家鴨にも見えてきた。

和真はさらに目を凝らした。亀岩の甲羅や首や頭は頑強だが、潮の浸食が胴体に洞穴をこしらえていた。潮の満ち干と関係があるのか、茂が母に聞かせた話では時々、洞穴の奥から神か人か獣の声が聞こえるという。

中学二年生か三年生だった僕に母が「亀岩は私のお父さんの命の恩人らしいの」と言った。珊瑚礁の縁に立ち、長い竿を握り、沖から寄ってくる回遊魚を狙っていた茂はいつの間にか満ちた潮にまかれた。漁師だが泳ぎは得意ではなく、力も使い果たし、空だけが広がり、おぼれかけた茂に近寄ってきた（と茂には見えたという）亀岩に何とかよじ登ったという。

選挙運動が少々気になり、和真は腕時計を見た。しかし、すぐ遠くの亀岩に視線を移した。和真は亀岩には蛇や蛸に似た、くねくねした怪物が潜んでいるとふと想像したが、母は生前「海を守る、正義の味方の亀の精がいる」と言っていた。しかし、亀の精の姿かたちは大昔からいまだに誰もわからないという。

亀の精に命を救われた茂は亀の精を見たのだろうか……あの時、茂が亀の精に救われずに水死していたら……母はまだ生まれていなかったから僕の存在もなく、人生にうろうろしたり、自治会長に立候補などもしなかっただろう。

あっ、そうだと和真は思い出した。茂はある日、漁の帰り、命を助けてもらったお礼に亀岩に上り、櫂を振り回しながら赤嶺島民謡の祝いの歌を歌い、踊った、と母が言っていた。あの時、茂に亀の精が乗り移ったのだろうか。だとしたら、あの耳たぶの長い老女が言っていた「和真のおじいは亀の精」という言葉も信憑性がある。

耳たぶの長い老女が出現した後の海はどこがどうと言うわけではないが、何かが違うように見えてきた。自分は亀の精だとぼんやりとだが、自覚したからか、海が自分のもののように思え、不思議な安らぎを覚えた。足にも上半身にも目にも頭にも僕を満足させる何かがしみ込んでくるように思える。豊かな海。美しさがつまっている。美しさだけでなく、偉大な何かが、いっぱい。人間を心から正直にし……自然と頭を下げたくなるような……。

海に魅せられていたという少女時代や思春期の母の心が手に取るようにわかる、ような気がする。

父の死後すぐにでも赤嶺島に移住しようとしたが、中学生の僕の転校問題などがあり、断念せざるをえなかった母の無念を晴らすためにも僕は海を守ろう。現実的に僕自身の選挙方針が見えてきた。

少なくとも耳たぶの長い老女にはボスたちのような欺瞞のかけらもなく、信用できる。

耳たぶの長い老女の何かの情熱が亀の精を呼び寄せている……。どのような情熱だろうか？　亀の精……ああ、なんという颯爽とした美しい名前だろう。生物の亀の姿かたちはいまいちだが……亀には何物にも頓着しない、悠然さが漂っている。

選挙運動開始の朝八時が迫っている。和真は海から直接選対事務所に向かった。どうにかこうにかこの日のスケジュールをこなした。夜十時、和真は咲子に電話をかけた。咲子は寝ぼけたような声を出したが、和真はすぐ聞いた。

「もう遅いし、明朝の選挙運動もあるから単刀直入に聞くけど、咲子さんは亀の精を知っている？　亀岩にいる。知っているよね」

「和真、あんた、選挙に本腰入れている？　あんたが本気にならないと、うちの真心からの献身が水の泡になるのよ」

「ちょっと聞くけど、亀の精は一体何者？」

咲子は「亀の精と選挙と何の関係があるの？」と憤慨したが、亀の精の話を始めた。

何百年も前から赤嶺島の人々の間に伝えられているにもかかわらず、いまだに亀の精の正体はわからず、甲羅を背負った一メートルほどの人形《ひとがた》の愛嬌ものだという古老もいるし、蛸のようににょろにょろした巨大な亀入道だと言う老成の人もいる。

「亀の精は神代の昔に神の世界から落ちこぼれたの。だけど、赤嶺島の近海に来た時、海の守護神になったというのがたいていの村人の共通理解よ」

「落ちこぼれが守護神に?」

「亀岩の洞穴に住み着くようになったの。泳ぎは達者らしく亀岩から遠く離れた海面にもたまにだけどぼぅと姿を現すのよ」

和真の前に「あんたのおじいの子を宿した」という老女の長い耳たぶがクローズアップのように浮かんだ。

「昔、僕のおじいさんが見たらしいのだが」

「和真のお母さんが浦添市に嫁に行った時、お母さんは二十四、五歳、うちは二十一、二歳だったけど、うち、とても寂しくなったの。同じころ、昔、命を救われた亀岩にもう一度上りたいとうちにしみじみと言っていた和真のおじいさんが、まだ男盛りの五十一歳だったけど、亡くなってしまったの」

「……癌だったんだよね」

「うち、あの頃、寝ても覚めても亀の精がどのような顔や姿をしているのか、どのように動くのか、いろいろ反芻していたせいか、とうとう亀の精を見たのよ」

「えっ」

「間違いなく亀の精よ。あの日、なぜか見渡す限り海岸を珊瑚の死骸の白いかけらが覆いつくしているように思えたの。いつの間にか埋め尽くされた戦争中の白い人骨に、うちは戦争を知らないし、赤嶺島では戦闘らしい戦闘もなかったけど、夏の太陽の光が照り付けていたの。うちは歩き疲れたのか、激しいめまいがしたの。気を失う寸前、目の前に現れた亀の精は七色の珊瑚の色や青い海水にカムフラージュしていたわ」

恐ろしい話なのだが、咲子は変にロマンチックな乙女のような言葉遣いをする。

「形は?」

「形はなかったわ」

「形はない?」

「どう言っていいのか、自分でもわからないのよ。亀の精の話は終わり。和真もうちも亀ではなく選挙に命を懸けるのよ。いい? いいわね。明日遅刻しないでよ。じゃあ、お休み」

咲子は電話を切った。

和真はほとんど泳げないが、珊瑚礁の縁から五十メートルほど先の海上にある亀岩にたまらなく上りたくなった。

十

選挙運動四日目の朝。家の庭から光り輝く多彩の珊瑚礁も水平線も見えた。昨夜の咲子の話が頭の中に残っているからか、和真は不思議な感覚にとらわれた。亀の精という海の守護神が赤嶺島や僕の顔を見ている。すぐ近くに神がいる。母のいるあの世もすぐ近くにある……。

午前十時前、涼しい海風を求め、海岸の福木や松の木陰に出てきた人たちを前に軽トラックの選挙カーの荷台から和真はいつ、だれが書いたのかさえ分からない、全く代り映えのしない演説原稿を読み上げた。

「和真の声はおじいの声とそっくりだよ」

和真は原稿から目を上げた。いつの間に来たのか、後方のモンパノキなどの海浜植物の茂みのわきに耳たぶの長い老女が立っている。木陰に変にギューギュー詰めに座っている聴衆は、といっても七、八人だが、一人も耳たぶの長い老女に振り向かなかった。

耳たぶの長い老女は僕を通し、何らかのメッセージを伝えようとしているようにも、僕の偽善を見抜いているようにも思える。和真は咲子たちにも、また自分自身にも「耳たぶの長い老女を無視するな。傲慢な態度をとるのはよせ」と内心叫んだ。

和真は軽トラックの荷台から飛び降り、海浜植物の間の小道に去っていく耳たぶの長い老女を追いかけた。聴衆に政党名を書いた、何年も前からあるような古いうちわを配っていた咲子が和真を呼び止めた。

饅頭のような髪型はいつもどおりだが、紺の引き締まったトレパンをはいた咲子が和真に言った。

毎日おとなしく家庭菜園を楽しんでいた、一人暮らしのヨシという老女が何を血迷ったのか、急に村中を歩き回り、「和真は正真正銘、亀の精だ」と言い張っているという。耳たぶの長い老女は必死に吹聴しているが、村人たちには馬耳東風だという。

僕はいささか驚いた。ただ僕だけに「亀の精」と言うだけのように思えたが、村人に言いふらす魂胆は何なのだろうか。僕はまだ何一つなしえていないが、自分の進むべき道がおぼろげながらわかってきたような気がする。

「もちろんヨシばあさんが、和真は亀の精だといくら言っても村人の誰も信じないけどね」

咲子が念を押すように言った。

亀の精と同じく耳たぶの長い老女の正体も……本人が前に孫娘がいると言ってはいたが……ずっとわからないと和真は漠然と思っていたが、存命している赤嶺島の人ではないとさえ思ったのだが、実在の平凡な存在なんだ。和真はいささか拍子抜けした。

幼少のころから耳にした亀の精の噂が少しずつ心の中にたまり、老いた時、突然亀の精が見えるようになる……あながちないわけでもないだろう。しかし、村には何十人もお年寄りがいるのに、なぜ耳たぶの長い老女の前だけに……たぶん頭の中にだろうが、亀の精の僕が現れたのだろうか。

耳たぶの長い老女はあの世の母の使者では？　和真は一瞬奇想天外な想像をした。しかし、ともかく僕の名前を知っているくらいだから、間違いなく生前の母とも知り合いだっただろう。

亀の精は海の守護神なんだ。耳たぶの長い老女が「和真は亀の精だ」と誰彼となく吹聴しても僕の名誉にはなっても汚辱にはならないんだ。

他力本願的な「軍用地主」しか背負っていなかった僕だが、ようやく、主体的なものを獲得した。

僕が「埋め立て賛成」の保守派から自治会長選に立ったから耳たぶの長い老女が出現し、僕を埋め立て反対を象徴する亀の精だと強調するのだろうか。僕に……保守派の自覚はないのだが……保守派から足を洗えと言っている？

沖縄の多くの海を埋め立てている保守派の候補になってしまった僕に逆説的に改心を迫っている……。

保守派の自治会長になるか、亀の精になるか、僕は二者択一を迫られている？

ああ、漁師の祖父……僕は生前の祖父を知らないが……の茂が耳たぶの長い老女の口を借り、僕の気力を奮い立たせようとしている……。

十一

辺野古の米軍新基地建設現場の様子を連日マスコミが報道している。美しい広大な海の埋め立てが進行し、海上保安庁職員や警備員に囲まれた多くの老若男女が「基地反対」「戦争反対」の声を上げ、座り込み、スクラムを組み、こぶしを突き上げている。

このような叫びにも似た、切実な声は保守王国の赤嶺島では空転しているというか、誰の耳にも目にも届いていないと和真は思う。

多くの県民の反対を物ともせず、辺野古などの埋め立てをすすめる国や巨大資本の執念が燃え盛り、狂乱のようになっていると和真は思った。

和真が中学三年の夏休みのある日、赤嶺島の知人の法事から帰ってきた母が大型測量船の目撃が相次いでいると和真に言った。母も滞在中、甲板が変にごちゃごちゃした巨大な船を目撃したという。

母は赤嶺島の沖合に浮かんでいたと言ったが、僕が赤嶺島に移住してから三か月ほどは一度もうわさを耳にしないが、亀岩の近くにも測量船はひそかに出没しているのではないだろうかと和真は危惧した。亀岩には海の守護神の亀の精がいる。亀岩を守りさえすれば珊瑚礁は絶対に埋め立てられないだろう。

「辺野古埋め立て」推進派の或る組織が「チュラ（美しい）海を守る会」と名乗っている。「赤嶺島の大切な自然を子や孫に残そう」という選挙スローガンを掲げている僕は近い将来、赤嶺島の珊瑚礁を埋め立てる存在になるのでは？「辺野古埋め立て」推進派と同じ穴の狢になるのでは？「和真は海の守護神の亀の精」と耳たぶの長い老女は言っているが、西の海の珊瑚礁の広大な埋め立てを推進する勢力の手下になってしまう……。

ボスは「辺野古埋め立て」推進政党に明らかに有形無形に尽力している。

僕は早まってしまった。何を血迷ったんだ。僕はボスとは反対の革新側から自治会長に立つべきだったんだ。冷静さを欠いたのは親戚の咲子から最初に話があったから？　自分がこの世に存在したという痕跡を残したかったから？　保守派の女たらしの長老自治会長が追放されなかったなら、僕は入り込めなかったのだが。ボスが立候補しなかったのは……わしは選挙参謀に徹するとか甘んじるとか言っていたが……本心は僕の軍用地料……わずか年間三千万あまりだが……が欲しかったから？　もしくは自治会長職より参謀職のほうが実入りが大きいのだろうか。

「米軍新基地建設反対」という選挙スローガンが和真の頭をよぎった。しかし、辺野古では多くの人がこのスローガンを叫んでいるが……赤嶺島では米軍基地のべの字も表面に出てこないから……赤嶺島の人々には全く効果がないだろう。

辺野古は動いている。止められない。もう絶望だ。赤嶺島は動こうとしている。だが、動いていない。止められる。自治会長になったら背後の強大な権力に頭や顎を撫でられ、恫喝され、珊瑚礁を埋め立てる実行犯にされる。中卒の世間知らずの僕でも何が何でも自分を制御すべきだ。ああ、軍用地料を毎年村人たちに分配したら海の埋め立てをせずに済むのだろうか。軍港以外にも沖縄本島の多くの海が埋め立てられている。大型商業施設や公共施設やマンションなどが埋め立て地に移転している。勇気を出せ。迷うな。僕は亀の精なんだ。亀岩をはぐくめ。亀岩に慈愛を感じろ。

赤嶺島米軍新基地建設反対は不問に付し、珊瑚礁埋め立て反対のスローガンを作ろう。どうしても寝付かれず、夜中十二時前だったが、咲子に電話をかけた。

「珊瑚礁埋め立て反対をスローガンに？　それを言うならなぜ昼間の選挙運動中に言わなかったの」

咲子は眠たそうな声を荒げた。

「咲子さんたちは辺野古の海を埋め立てている政党と同類だろう？　僕は心配だし、我慢もできないんだ」

咲子は一瞬黙ったが、目が覚めたかのように、すぐはっきりと言った。

「和真は辺野古に一度でも行った？　実際には何も知らないんでしょう？　マスコミに踊らされるなんて、和真は馬鹿ね」

「……」

「和真らしくないわよ」

「どこの海だろうと、軍だろうが民間だろうが、戦争のためだろうが平和のためだろうが、埋め立ては頭に来るんだ」

「辺野古は辺野古よ。自然に流れつくところに流れ着くわよ。赤嶺島は赤嶺島。埋め立てのウの字もないわよ。変な和真」

「だったらなぜ赤嶺島の西の浜の先に測量船なんか現れたんだ」

「測量船の話は革新派が流したのよ、何年か前。根も葉もない作り話よ」

「僕の母も僕が中学生の時に見たんだ」

「本当はね、和真。あんただけに言うけど、お母さんが見たのは那覇港に向かっていた奄美航路の貨物船なのよ。実はうちも見たのよ」

和真は何かおちょくられているような気がしたが、水掛け論になったら咲子の手中に落ちる気がし、「赤嶺島は絶対辺野古のようにはならないというんだね」と強く念を押した。

「当り前よ。どこが同じだと言うの。一から百まで違うのよ」

「……」

「今の話は絶対ボスの耳には入れないでね。ボスを怒らせたら大変よ。手が付けられなくなるから」

和真は、母の幼馴染の咲子さんの顔を立ててと言いかけたが、「咲子さんの言葉を信じて、一応、静観するが」と言った。

「選挙運動、本当にありがとうね、和真。ご苦労様ね。四日後は投票日よ。頑張ってね。一緒に頑張ろうね」

僕はボスや咲子に魂を売ってしまったのだろうか、と和真はぼんやり思いながら電話を切った。

選挙運動五日目の昼、三日前、耳たぶの長い老女と最初に出会った石垣に囲まれた路地の真ん中に不気味な黒い鉢巻をし、黒いたすきをかけた、背丈は低いが、筋肉質の、えらの張った顔の青年が和真を待ち受けるように立っていた。

止まった軽トラックに近づいてきた、この革新派の青年が「和真君、君が本当に亀の精なら即刻保守派の候補を辞退しろ。赤嶺島の海を俺と一緒に永久に守ろう」と言った。

「……」

「和真君、保守派から誰が立っても確実に当選するんだ。ボスも咲子も君を候補にしたのは、何も君が適任だからではなく、君が大金を持っているからだ」

人生に何かを残したかったから僕は自治会長に立候補したんだ、と和真は内心言った。

「前の長老自治会長は女に手を出し、とうとうアル中になった妻と家庭内暴力を振いあったと聞いたが、今回は革新派にも当選のチャンスはありませんか？」

「保守派のスキャンダルは昔から、何人も続いているよ」

「だったら保守派に嫌気がさした村人もいるのでは？」

「村人は人に投票するんじゃないよ。金に投票するんだ」

「……」

「君の目を覚ますために何度でも言うが、保守派は君なんかに目もくれていないよ。君の軍用地料や固定資産税が目当てだ。嘆かわしいが、赤嶺島は金満家を崇める歪んだ保守王国なんだ」

「保守王国なら本島あたりの上層部から何らかの金が舞うのでは？」

「まだまだ足りないんだ」

「革新派は？」

「本当にわずかだ。毎回、村長選にも村会議員選にも自治会長選にも落ちている。今回も落ちる。だが、落ちるとわかっていても誰かが立たなければならないんだ」

和真は青年の話に身を乗り出したが、何も言えなかった。二人の中年の女と笑いながら立ち話をしていた咲子が路地の奥から近づいてきた。青年は早口になった。

「和真君、自分を恥ずかしいと思わないといけないよ。米軍や国に沖縄の海の崇高さがわかるもんか。沖縄の何がわかるというんだ。終戦直後、持ち去られた多くの沖縄のトートーメー（位牌）が米国ではネット販売されているんだ。ウタキ（御嶽）の石碑も今は年老いた米国軍人の部屋の懐かしいインテリアになっているんだ」

何か言いかけた咲子を制し、青年は「和真君、取り巻きの言いなりになるな」と叫ぶように言いながら悠然と去った。

「さっきの和真の対抗馬の男、どうかしているね。カラスみたいな真っ黒の選挙カラー、全く人を食っているわね」

和真は衝動的に咲子に言った。

「僕が何とか立候補をキャンセルできる道はないかな？」

「キャンセルできる道？」

咲子は目を見開いた。

「何言っているの。和真のためにうちらがどんなに労力と頭とお金を使ったと思うの？　万が一キャンセルでもしようものなら、裁判よ。ボスやうちは心ならずも莫大な損害賠償金を和真に請求せざるを得なくなるのよ」

「……」

「あの男の声に惑わされてはいけないよ、和真。あの男は子供のころから舌先三寸なのよ」

「……」

「選挙は舌先じゃないのよ。即実行が命なのよ。生命線なのよ」

「本来ならボスに詰問するのだが、保守派は亀岩を爆破するの？」

「……亀岩は船の進行の邪魔にはなるけど、海の守護神のいるところよ。うちの返事はもう分ったでしょう？」

「亀岩がなくなると咲子さんの心をずっとわしづかみしている珊瑚礁もなくなるよ。亀岩は珊瑚礁の守護神なんだから。珊瑚礁はうちの心をずっと奪っていた、と前に確かに言ったよね」

「和真も本当によくわかっているのね。うちの美しい青春の思い出がいっぱい詰まっているのよ。珊瑚礁には絶対手をつけないわよ。またつけさせないわよ。女と男の約束よ」

咲子は小指を差し出した。

和真は「女と男の約束もいいが、僕はボスとはっきりと約束を交わしたいんだが」と言いながら気のりはしないが、小指を咲子の小指に絡ませた。

「ボスは赤嶺島の海の埋め立てはどんなことがあっても断じてしないわ。うちが保証するよ」

咲子は小指を数回振ってから、離した。

「和真のスローガンはあくまでも赤嶺島の大切な自然を子や孫に残そう、よ。いいわね」

「僕は信用していいもんだろうか。ボスが所属する政党は多くの県民の反対をせせら笑うように辺野古の埋め立てを強行しているんだろう？」

「おかしな、和真。もしよ、和真の父親がうちを殴ったら、うちは和真を殴る？絶対殴らないよ。それと同じよ」

和真はよく意味はわからなかったが、軽トラックの荷台に座り込んだ。咲子は助手席に戻り、煙草をふかしていた運転手に発進するように命じた。

十二

僕はボスや咲子を無視し、「赤嶺島の大切な自然を子や孫に残そう」ではなく「珊瑚礁の埋め立て反対」……は咲子やボスが徹底的にしらを切るだろうから「亀岩を守る」を選挙スローガンにしよう。このスローガンを自分がゆるがずにしっかりと守ったら、珊瑚礁が自分だけの広大な「庭」になる。夢想ではなく、現実的に珊瑚礁を一生守り続ける。浦添市にいた時、自分なり大いに迷い、また望んだ人生の目標をようやく手に入れたような気がし、和真は胸が高鳴った。

しかし、この亀岩を守るというスローガンはほぼ全住民が保守派の赤嶺島の人たちには受け入れられないのではないだろうか。

埋め立てられる際には亀岩は破壊されるだろう。村人たちは金のためには意に介さず、むしろ奨励する？　しかし、亀岩は大昔から赤嶺島を見守ってきている。人々もぞんざいに扱えないのでは？

この日いつもより早めに選挙運動をきりあげた。赤瓦屋根にけだるいような光が落ちた和真の家に痩身のボスがやって来た。わざわざ家に来るのは選対事務所では話しにくいからだろうか、と和真は思った。頬のこけた、しかし眼光の鋭いボスは玄関に出てきた和真の手を固く握り、握ったまま勝手に応接間に入った。

「選挙運動は疲れるけど、毎晩熟睡できないのは、亀の精が頭の中を駆け回るからでしょうか」

和真は向かいのソファーに深々と座ったボスにすぐ言った。

「亀の精？　わしが埋め立て賛成派なら、少女のころから海に心をうたれた和真のお母さんを、わしが、なんというか、亡くなった人を鞭打ってしまう。また海に心を寄せたお母さんの一人息子をわしは自治会長に絶対推薦も支持もしないよ。違うかね」

「……」

「赤嶺島にはホテルどころか民宿もないんだ。中央の高級役人も大企業の社長も日帰りを余儀なくされている。和真の選挙公約は、赤嶺島の大切な自然を子や孫に残そう、ではなく今の一日一往復の定期船を一日二往復運航させる、に変更しようじゃないか。どうかね」

ボスは亀の精を尻目にかけているようだから、和真はストレートに「亀岩を守る」と強調せず「公約は定期便なんかより珊瑚を守る、の方が」と言った。

「定期便なんかと軽く言うもんじゃないよ。何？　珊瑚を守る？　一票も獲得できないよ。敢えてあからさまに言うが、村人は金を欲しがっているんだ。珊瑚云々は金に全く困らない人間の夢想だ。しかし、公約云々とは別にわしは和真のために珊瑚を守るよ。自然を守るよ。万が一埋め立てられたら、軍港ではなく、広大な松林にするよ」

埋め立て跡を松林にする？　何かふざけている。僕は軍港はだめ、松林ならオーケーなどと言っていません、と強く言いたい衝動にかられたが、ボスの人を食ったような論理がさらに増幅しそうな気がし、口をつぐんだ。

「三日後は投票日だ。迷いは許されないよ」

「咲子さんの一番最初の話では珊瑚を守るというニュアンスでしたから、ボスのところから自治会長に立ったのです。珊瑚を守るための選挙資金も出したんです」

和真はうそを言った。

咲子は僕に自治会長に立候補するよう依頼した時、確か五穀豊穣、大漁、子孫繁栄を実現すべきと言っていたが、僕は今後は何が何でも「亀の精」になり、赤嶺島の美しい海を後世に、永遠に残すように挺身しよう。

もし埋め立て計画が事実だとわかったら、僕は自治会長就任後だろうが、退任後だろうが、ボスを糾弾し、「埋め立て反対」を猛烈に前面に打ち出そう。

今は興奮せず、冷静になれと和真は自分に言い聞かせた。

「赤嶺島の近海に測量船が浮かんでいたそうですが、ボスはご存知ですか」

「測量船？　いつ？」

「何年か前です。赤嶺島の珊瑚礁が米軍新基地建設のために埋め立てられるというのは本当ですか」

母は巨大な船を見たとしか言わなかったが、和真は米軍新基地を造るために珊瑚礁が埋め立てられると勝手に決めつけた。

「和真は悪夢を見たんだな。この島のどこにも国や米軍が目をつけるような、価値のあるものは何一つないよ。こんな話、誰から聞いたんだ？」

和真はボスに母の名を告げると母の名が穢れると一瞬思ったが、「母から」と言った。

「お母さんも悪夢を見たんだな」

「ボスは村が海の埋め立てに反対だというポーズをとって、政治に疎い僕の軍用地料の固定資産税で村を潤しておいて、いざ埋め立て計画が持ち上がった時に、賛成に回って国から莫大な保証金、協力金を得ようと考えているのではないですか」

「和真が何を言っているのか、急には理解できないな。君は老練な策士みたいな考えをするが、考えてもみたまえ。手が込みすぎているとは思わないのか。わしは今とても驚いているよ」

「しかし、ボスが所属している政党は間違いなく今、辺野古の海を埋め立てていますよね」

「君は所属している政党、所属している政党と頻繁に言っているが、赤嶺島の保守系と本島の保守系と本土の保守系は全く違うよ。万が一、万が一だよ、将来、将来だよ、赤嶺島の海が埋め立てられたら、辺野古のような米軍基地ではなく、広大な松林にするよ」

なぜこだわるのか、和真はわからないが、ボスはまた松林の話を持ち出した。先ほど一日一往復の定期船を二往復運航させる、に変更しようと言ったばかりなのに、と和真は思った。

「松林にどんな意味が？」

「赤嶺島の大切な自然を子や孫に残すというのが和真の公約だからだ」

「僕の言う自然は珊瑚……」

「琉球王国時代の大政治家・蔡温《さいおん》が琉球松を要所要所に植えたように、埋め立てた珊瑚礁に膨大な数の琉球松を植えるんだ。天然記念物の名所を作るんだ。赤嶺島の大切な自然を子や孫に残そうという公約をアピールするんだ」

「琉球松はともかく、海を埋めるのは自然破壊では？」

「たとえ話だ。海は絶対埋め立てないよ。わしの命をかけてもいい。こんな話になるのも君が赤嶺島の自治会長選に全く関係のない辺野古なんかを持ち出すからだ」

「辺野古なんか、という言葉はどうかと思います。辺野古では多くの人が命がけで闘っているんですから」

和真は断定した。

「言葉の綾だよ」

「僕はあと二日間の選挙運動中、埋め立て地の松林の演説もするんですか」

和真は皮肉を込め、言った。

「松林などというロマンチックな声明を出したら当選はおぼつかないな」

「松林を出したのはボスじゃないですか。浦添市から移り住んだばかりの二十一歳の僕が赤嶺島の大切な自然を子や孫に残そうと訴えても反響はありません。運動中、何の手ごたえも感じません。村人は自然を残すつもりなんか少しもないんじゃないですか?」

「反響はある。なぜかといえば、君は軍用地主だからだ。この貧窮の島では軍用地主の一言は大きいよ」

ボスは詭弁を使った。

「ボス、僕は昨日寝ないで考えたんですが、僕自身を亀の精というキャラクターで押し通そうという結論に達したんです。僕は政治はもちろん世間とも学問とも無縁だから、つまり何もないからキャラクターは絶対必要だと思うんです」

「キャラクターは必要だが、亀の精？　十数分前にも和真は口に出したな。もしかすると海の守護神という、あの西の浜の沖合の亀岩にいるという？」

ボスは咲子からすでに亀の精の話を聞いている、と和真は思った。

「僕を海の守護神・亀の精の兄弟と言うキャッチフレーズにしてください」

「兄弟？」

「亀の精と赤嶺島の海を大切にする僕が一体になると選挙公約が明瞭になります」

「和真が亀の精と一体に？」

「亀の精と一体になると、もろく弱い僕の力が強大になります」

ボスは目を見開いている。

「強大になっても……わしには今はもちろん、将来も海を埋め立てる魂胆はないよ」

「ボスの魂胆はともかく、辺野古の海を埋め立てている一組織がチュラ（美しい）海を守る会という名称を用いています。名称というのはとても大事です。大嘘もつけます」

ボスは「海の埋め立ては自然や神に対する冒涜だよ」と口ごもりながら言った。

「君は以前、人生は無意味だと咲子に言ったようだが、人生には必ず意味があるよ。

よし、いいだろう。亀の精の兄弟と言うのはややこしいから、亀の精という貴重な体験をしてくれたまえ」

「本当にいいんですか」

「しかし、亀の精と言うのは海の守護神に不謹慎だから、亀の使いと言うネーミングにしたまえ」

「亀の使い？」

「和真のポスターに亀の使いという大きな文字を咲子に書き加えさせるよ。ついでに対立候補の青年の見るからに自然を破壊する鮫のような似顔絵を貼り付けさせるよ」

太古の昔から海に棲んでいる鮫は自然破壊の象徴ではないと思ったが、何も言わなかった。

「当選祝賀会には村内外の実力者やマスコミを呼び、これ以上ないくらいの酒とごちそうをふるまおう」

ボスは立ち上がり、和真と握手をした。

「和真、あと二日だが、遊説中、握手は素手でしろよ。絶対白手袋をしてはならん。たくさんの人の手を強く握れ。手が痛くなったら氷水につけろ」

和真はいささか夢見心地のまま、あいまいにあいさつをし、玄関を出ていくボスを見送った。

ボスにけむに巻かれたように感じ、変に落ち着かない和真はボスの姿が消えてから外に出た。

道端のガジュマルの木陰に座り、表面をかすかに白い砂が覆った、村一番大きな道にぼんやり視線を落としたり、目を閉じたりした。

いつの間に現れたのか、ほとんど気づかなかったが対抗馬の、はずした黒鉢巻と黒のたすきを上着やズボンのポケットに突っ込んだ青年が何も言わずに和真のそばに座った。少しまごついた和真は唐突に言った。

「保守派が何もしなくても必ず勝つなら僕の名前入りのバッジとか僕の顔写真入りの名刺なんか必要はないのでは?」

「咲子やボスが作ると言っていただろう?。もちろん、パフォーマンスだ。村人や県の目を引くためだ。だが、今回は君を軽く見て、作ってないようだ」

「……」

「選挙と言うのは常に争点がいくつもあるものだが、この自治会長選は争点が何もない、いわば、無条件選挙だ」

「無条件選挙？」

「自分の目で見て、自分の耳で聞いて、自分の頭で考えろ、と俺は常に言っている」

「……」

「君が亀の使いになったのは正解だ」

「えっ、亀の使いというネーミング、もう知っているの？」

「俺は地獄耳だ」

「ついさっきのボスとの話だが」

「ここに来る時、出会ったボスが俺を嘲るように言ったよ」

「……」

「和真君、時々選挙ポスターに夫や子や孫に囲まれ、幸せそうに笑っている女性候補者の写真が大きく載っているだろう？　このような候補者は間違いなく落選する。投票する人は政治家の幸福を望んでいるのではない。自分の不幸をなんとかしてくれと必死に願っているんだ」

「……」

「世の中には独身もいる。子や孫のいないもののもいる。また夫婦仲や親子の仲が険悪のものもいる。このようなポスターは羨望を通り越し、憎悪を醸し出す。誰が清き一票を入れるもんか」

「わかる気もしますが」

「失恋や夢のついえた悲嘆を歌う歌手がいるだろう。ところが週刊誌にその歌手の何億という豪邸や妻や子に囲まれた幸せな家庭が載ったとたん、人は興ざめする。その歌手が信じられなくなるんだ。歌に没入できなくなるんだ」

「……」

「和真君、君も人生の苦悩を前面に出したまえ。亀になるだけでは不十分だ。軍用地料目当ての女に言い含められてにやにやしている場合じゃないんだ」

「僕はにやにやなんかしていないし、豪邸や幸せな家族に囲まれてもいませんよ」

和真は何かもっと言わなければならないと焦り、だしぬけに「革新の県会議員が来島しているようですね」と言った。

「今回の自治会長選の応援に来島したなどと保守派は言っているようだが、全部嘘っぱちだ。赤嶺島には本島の革新本部もさじを投げている。ここはどうしようもなく強大な保守王国なんだ」

青年は口は達者だし、声も大きいが、どこか覇気がかんじられないのは、すでに落選を覚悟しているからだろうか。

青年に少し心を許した和真はふとボスを皮肉った。

「和真が落ちたらわしの人生も狂うと言う人もいるが…」

「ボスだろう？　君をおちょくっているんだよ。派手なパフォーマンスだ」

「革新派の選挙カーはどこを回っているの？」

「選挙カーなんかないよ。歩き回って、訴えている。誰一人見向かない。とても虚しい。だが、やらねばならないんだ」

暖簾に腕押し状態なのに、必死に選挙演説をしているというのは見上げた態度だと和真は思った。世の中には憎しみが行動を生む場合もあるが、反対派から立った僕を憎んでいる気配もないし……何が彼を選挙運動に駆り立てているのだろうか。

四日前の街頭演説の時、「海を埋めるな」「軍隊反対」と声を上げ、僕に小石を投げつけた片腕が不自由な老人は数少ない革新派だと僕は思うが、しかし、青年に何も聞かなかった。

「和真君、すぐに立候補を辞退せよ」

辞退せよという青年の声がどこか弱々しいのは、彼が村人のほぼ全員から拒絶されているからだろうか。しかし、青年に言われなくても僕は自治会長を否定し、亀の精になるんだ。亀岩を崇め奉らない人々とはおさらばだ。

「亀岩が破壊されるという噂は？」

このような噂が立ったかどうか、まだあやふやだが、和真は聞いた。

「間違いなく完全に破壊される。村人は喉から手が出るくらい金を欲しがっている。金のためには海はもちろん心の埋め立ても辞さないんだ」

和真は、亀の精が埋め立て反対を担っているようだが亀の精の話をしょっちゅう口にする耳たぶの長い老女は革新派？　と聞こうとしたが、ふと耳たぶの長い老女は俗っぽい政治を超越した聖なる存在のような気がし、口をつぐんだ。

「和真君、赤嶺島の埋め立て、ひいては辺野古はイエスかノーか、と大いに悩むべきだ。悩むと自分の中の本質が見えてくるんだ」

亀の精になると決心した和真はもう現実的な話はしたくなかったが、つい「何年か前、赤嶺島近海に大型測量船が現れたというのは？」と聞いた。

「本当だ」

「本当？」

「赤嶺島には手つかずの自然が残っている。だいぶ前、テレビの取材があり、沖縄中に放映された。だが、どういうわけか、県や大企業が食指を伸ばさないんだ。ビーチを造るとかホテルを造るとか、の動きが全くないんだ。だから島の人たちは軍港さえ待ち望むようになったんだ」

「旅に出ようという大がかりなキャンペーンもある時代なのに信じられないな」

「俺たちわずかな革新の人間は村八分にあっている。無投票なら村役場に選挙の予算を使わさなくても済むのだが、俺たちは村人を目覚めさせる使命があるんだ」

青年は百パーセント落選するとわかりながら立候補した。結果は問題ではなく、過程の行動が重要だと考えているのだ。行動が青年の精神に安らぎを与えている。

「もう行くよ。咲子が来るから。彼女と討論をする気力は正直ないんだ」

青年は立ち上がり、力なく路地の角に曲がった。

埋め立て反対を掲げているあの青年も亀の精だという理屈も成り立つ。しかし、亀の精が二人と言うのはおかしいと思う。亀の精は夫婦者だったとか兄弟がいたとかの話は聞かないし……亀の精の住処の亀岩はポツンと一つしかないんだ。自分の人生の道が亀の精と言うのも奇妙だが、とにかく亀の精は自治会長や軍用地主などよりずっと高みにいる。

和真の家の方角から咲子が小走りに駆け寄ってきた。

「和真、お年寄りが亡くなった時は火葬費、本島の火葬場への交通費を無料にします、と訴えましょう」

咲子は息を切らしながら唐突に言った。

先ほどボスが承認した亀の使いというネーミングを早速取り消すつもりだろうか、と和真は思った。もう公約なんかどうでもよかったが、「今頃から？　遊説期間も明日と明後日しかないのに。第一本人が亡くなった後なのに、票になるかな」ととぼけたように聞いた。

「家族が狙いよ。強く推すわよ。火葬費は馬鹿にならないから」

トレパン姿の咲子は和真のわきにペタッと座った。

「僕は亀の精の使いになるよ」

ボスとはネーミングを「亀の使い」にすると約束したのだが、亀の使いは召使……自体は悪くはないが……のような気がし、和真は「の精」を付け加え、「亀の精の使い」にした。

「亀の精の使いの声に誰が耳を傾けるの？　みんな、人間の声を聴きたいのよ」

「以前、咲子さんも大型測量船を見たと言っていたよね。亀の精の使いの出番はあるよ」

「あの船は中国か北朝鮮かロシアの警備船だったのよ」

確か以前は奄美航路の船とか言っていたはずだがと思ったが、無視した。

だが、ふと気づいた。

赤嶺島は本島から六十二キロ南の海上にある。奄美航路は本島の那覇市と、那覇市の北の方角にある奄美大島を結んでいる。赤嶺島から奄美航路の船が見えるはずはないのでは?

「僕はストレートに埋め立て反対の声を上げるのではなく、亀の精の一番の使いといういわば神話を通し、穏やかに村人の心にしみこませるんだ」

「亀の精の使いのキャラクターも悪くはないけど、今は一票でも多く手に入れなければならないのよ。和真が訴えるのは離島の福祉施策、介護従事者不足への対応、とりわけ火葬費無料化、よ」

このような「俗」な公約は村会議員の役割だと和真は思った。第一、僕が百パーセント当選するのに、なにが「今は一票でも多く手に入れなければならないのよ」だ。

「火葬費無料化などボスは一言も言わなかったよ。ボスは僕を亀の精の一番の使いに祭り上げると約束したんだ」

祭り上げるとは言っていなかったが、亀の精という貴重な体験をしてくれたまえ…直後に亀の使いに、と言い換えたが…とは言っていた。

「わかったわ。でもね、和真、亀の精の使いというキャッチフレーズは選挙期間中だけよ。当選したら亀の精の使いなどという現実離れしたロマンは忘れるのよ、いい？」

咲子は立ち上がり、尻の埃を払い落とした。

十三

何かうまいものを求め、人々は自治会長に近づいてくるが、一切うまいものがない亀の精にはだれ一人近づかないだろう。世間知らずの金持ちのボンボンの僕が傀儡《かいらい》にならずに済むのは亀の精のおかげだ。

誰がいつ流したのか、知らないが、「和真は魚の目玉をむさぼるように食っている」といううわさが村中に広まっている。和真は一向に気にならなかった。命をいただくのが人の宿命。魚の目玉だけを捨てるのは冒涜だ。このような噂が流れるのは村人が僕の固定資産税ひいては軍用地料をあきらめた証左だ。よく諦めきれたもんだと和真はほくそ笑みながら他人事のように思った。ようやく僕は村民から、ひいては欺瞞の人間社会から解き放たれた。安らぎが体中に満ちてきた。

選挙運動六日目。私、和真は亀の精の使いです、というキャッチフレーズを正々堂々と使い始めたら、たちまち村中に非難中傷の渦が巻き起こった。

キャッチフレーズを書いた即席の紙ののぼりを掲げ、いつもの覇気がない咲子と二人石垣が伸びた路地を歩いていると、数人の男女につかまり、「お前はだましの天才だ」「あんたが亀の精の使いと言うのは嘘っぱちよ」「我々の目をごまかしているんだ」「嘘八百だよ」などと矢継ぎ早に責め立てられた。

「土下座し、謝罪しなければ張り飛ばす」と脅されもしたが、咲子と一緒に何とか逃げた。

「亀の精の使いというのは、赤嶺島の大切な自然を子や孫に残そう、の象徴というか、同義語だと思うが……赤嶺島の大切な自然を子や孫に残そう、と訴えていた時は何の問題もなかったのに、亀の精の使いと言い出したら……。誰かが何か悪い意味を吹き込んだのかな？　村人たちをマインドコントロールしているのかな？　僕だったら、マインドコントロールが右の耳に入ったら、すぐ左の耳から出すのだが」

咲子は珍しく黙っている。

和真は咲子の声を引き出そうと「僕はいまさら埋め立て反対を明確に打ち出している革新側の候補……もう候補者はいる……に乗り換える気はないし……西の浜の埋め

立ての危機感が僕の胸を息苦しくさせるが、自分のせいか、誰かのせいか、もう足が抜け出せなくなっているんだ」と言った。

「和真、もうわかったでしょう? 亀の精の使いイコール埋め立て反対なのよ。亀の精の使いは海の擁護者なのよ。うちも辛いけど、赤嶺島の人たちはお金を欲しがっているのよ。あとは和真がよく考えてね。和真は亀の精が守り神だというけど、海の埋め立ても本当に困窮している人たちの守り神なのよ」

咲子は和真の前から去っていった。

頭が凝り固まっているボスや咲子を説得するのはよそう。脅しても泣きすがっても……どっちも僕の性格ではできないが……どうなるというわけでもないんだ。自治会長の僕ではなく、亀の精の使いでもなく、亀の精の僕が亀岩を守るんだ。亀の精が亀岩を守るのは義務だ。母や祖父……二人とも亡くなったが……を守るのも義務だ。いざ、やる気を奮い立たせよ。

村長や村議たち保守派の幹部連中も和真が亀の精の使いを名乗ったとたん、「和真は赤嶺島を破滅に追いやろうとしている。しかし、票はとにかく和真に入れろ。亀の精の使いというネーミングを承認したボスと咲子は追及の矢面に立つ覚悟をしろ」と和真を攻撃し始めた。

ああ、保守派の幹部連中や村人は金のために古からの海の守護神が鎮座する亀岩を破壊しようとしているのだ。

漁師の祖父の血を引いている僕が亀の精になるのは、いわば本能なんだ……祖父と耳たぶの長い老女の関係は今一つわからないが……。自治会長の僕が埋め立てに反対するときは顕示欲や支配欲のような一種の邪念が生じる。しかし、亀の精が埋め立てに反対するときは完全に無欲だ。

この日の夕方、和真は「私、和真は亀の精の使いではありません」とボスが但し書き……もちろん読む気はなかったが……をした演説原稿を咲子から受け取り、公民館前広場の真ん中にとめてある軽トラックの荷台に立った。

軽トラックのすぐわきの簡易椅子から少しよろめきながら立ち上がった耳たぶの長い老女が「亀の精は人間に変装してもすぐわかる。顔を洗う時、左手だけを使う。二、三回繰り返す。和真は間違いなく亀の精だよ」と言った。

僕はこのような顔の洗い方をしているのだろうか、とぼんやり思ったが、荷台から大きく身を乗り出し、耳たぶの長い老女を凝視した。

「亀の精が現れた時はすぐわかる。空気が変わる。海のにおいがする。今も空気が変わっている。海のにおいがしている。和真は本物の亀の精だよ」

耳たぶの長い老女の声は大きくはないが、一言一言が力強く、はっきりと和真の耳に届いた。

立ち去っていく耳たぶの長い老女の後ろ姿に和真は心から感謝した。有限の命の僕が永遠の命の亀の精になり、亀岩を守る。ああ、考えただけでも気宇壮大になる。

ふと偉大な人に唯一僕は存在を認められた、と思った。よくよく考えると耳たぶの長い老女はヨシという平凡な、むしろ病的な人なのだが。

僕は母を通し、母方の漁師の祖父につながり、海に、亀の精につながっている。生前の母の話では、潮にまかれた祖父が「近寄ってきた」亀岩……亀の精……によじ上り、命を助けられたという。祖父がなぜだかわからないが、耳たぶの長い老女に「亀の精はわしの命の恩人だ」と話し聞かせた？　いつしか耳たぶの長い老女の頭の中では祖父の命の恩人の亀の精が祖父と同一になった？

亀岩を破壊したら海の守護神の亀の精はこの世から消えてしまうと思った瞬間、和真は珊瑚礁の海をどこまでも駆け回りたい衝動にかられた。和真は「僕は亀の精、僕は亀の精」と声を殺し、自分に言い聞かせたのだが、突然「和真は亀の精、和真は亀の精」と連呼してしまった。

僕は亀岩に尽くすんだ。自分自身に尽くすんだ。亀岩をかばうのは自分自身をかばっているんだ。僕は亀の精になり、僕の高額の軍用地料や固定資産税……まだ歳入にはなっていないかもしれないが……を村から引き上げる。

ボスはしばらく呆然としていたが、簡易椅子から立ち上がり、身振り手振りを繰り返し、軽トラックの荷台の和真を落ち着かせながら「こんなに大勢の人が集まったから、和真君は興奮しているようですな」と十数人の保守系ばかりの聴衆に声を張りあげ、言った。

咲子が「和真は亀の使いでも、もちろん亀の精でもありません」と叫んだ。

和真は「和真は亀の精、和真は亀の精」と張り上げた声を夕焼けの空に響かせながら軽トラックの荷台から飛び降り、走りかけたが、すぐボスと咲子に腕と腰をつかまれた。

聴衆は一人また一人と去り、まもなく残らず消え、赤土の広場の簡易椅子だけが残った。

「演説会は中止だ」

ボスが舌打ちした。

「明後日が投票日だというのに、主役が衝動的に大切な演説を中断するなんて、前代未聞よ」

咲子が言った。

「ボスも咲子さんも、和真は亀の精だ、という耳たぶの長い老女の声を聞いた？　ちゃんと聞いたよね。僕は正真正銘亀の精になり、永久に海を守るよ」

ボスと咲子は口をあんぐりと開けたままつっ立っている。

「本物の亀の精の和真は絶対に海を守る。埋め立てという蛮行を和真なら絶対に粉砕できる、と耳たぶの長い老女が言いました」

このように耳たぶの長い老女が確かに言ったのか、和真の内心の言葉なのか、和真はよくわからなかった。

「埋め立てを絶対粉砕できる？　どこの馬の骨が言ったんだ」

ボスが和真をにらんだ。

「和真のいう耳たぶの長い老女はヨシばあさんよ。集落の北外れの家の。ひどい認知症を患っているのよ。和真、知らなかったの？」

咲子が和真の顔を覗き込んだ。

「認知症はほんとに大変よ、和真。娘を妻だと信じたりもするのよ。和真、あのヨシばあさん、投票日の翌日、娘さんが本島のしかるべき病院に入院させる予定なのよ」

「入院？　まさか」

「和真が真剣に僕は亀の精だなどと言いつづけたら、和真もヨシばあさんと同じ病気じゃないかと疑われるよ。和真はまだ若いからヨシばあさんのようなひどい病気ではなくても、一種の妄想患者だと村人たちは信じてしまうのよ」

「耳たぶの長い老女は、戦争中、本島の南部に逃げて、爆弾の破片で頭が剥げたから反戦思想を強く抱くようになったのかな？」

和真は少し話をずらした。

「亀の精は戦争と関係ないわ」

「海の守護神・亀の精の破壊、珊瑚礁の埋め立て、軍事基地の建設、戦争、とつながるよ」

「和真が亀の精の使いと書き加えたポスターもたくさんあるけど、全部破棄するわ。亀の精の使いと言うキャッチフレーズは大昔から赤嶺島の守り神の亀の精を面白半分に使用してしまったと、うちもボスも悔いているの」

「和真を亀の精の使いに仕立てたのはわしらの早計だった」

「僕は今は亀の精の使いではないよ。亀の精だよ」

咲子は聞かないふりをし、「和真も今後、絶対に自分は亀の精の使いだとか、ましてや亀の精だなんて言わないでね。いい？　うちの言う通りにしないと、どんな重大な責任が生じてもすべて和真が負う羽目になるのよ」と言った。

「咲子さんは亀の精は七色の珊瑚の色にカムフラージュしていたと言っていたよね、咲子さんも亀の精の存在は信じているんだろう？」

「和真なんかを亀の精と言うヨシばあさんは亀の精を冒涜したのよ。和真なんかと言ってごめんね」

咲子は話をはぐらかした。

和真は咲子とボスに背中を向け、駆けだし、海の方向に走った。

十四

選挙運動最終日の七日目。和真は選対本部に行かずに家に閉じこもった。早朝から頻繁にかかってくる電話に一切出なかったが、ようやく立ち上がり、鳴りやまないケイタイを取った。

「気は確かか」とボスが言った。

「僕は人間の偽善に耐えられません。前にボスに言ったかどうか忘れましたが、僕は人間を超越した本物の亀の精になります」

「亀の精に本物も偽物もないよ。亀の精は神と同じく人間がつくったものだ。和真は人生の進むべき道を探し求めていたんじゃないのか？　亀の人生を歩むのか」

ボスは語調は強いが、声はかすかに震え、明らかに動揺している。

和真は神が人間をつくったという人もいます、と言いかけたが、「僕の決心は変わりません」と言った。

「島の人は和真が島に現れて、自治会長に就くのを渇望していたんだ。それが亀の精などに。何たるざまだ」

「自治会長とか村議とか村長とか選挙とか一切無意味です。僕は完全に熱が冷めました」

「幻のような亀の精は無意味ではないというのか」

「亀の精は海を守る以外は完全に無欲ですから」

「もともと亀は欲なんか出さないよ。とにかく君が自治会長に就任してから、じっくり亀の精の話をしよう。いいな」

ボスは和真を脅すかのように鼻息荒く電話を切った。

村役場に高額の固定資産税が入らなくなるという現実問題しか頭にないボスは僕が

赤嶺島から出ていくのを必死に防ごうとしている。

和真はケイタイの呼び出し音を小さくし、縁側の木製の折りたたみ椅子に座り、遠くの珊瑚礁の海を見た。

ボスと咲子は「和真は亀の精の使い」というキャッチフレーズを完全に抹消し、僕抜きの選挙運動をするだろう。

僕は一刻も早く不動の亀の精になろう。ボスや咲子の鼻を明かしても明かさなくてもいいし、村人に本物だと証明してもしなくてもいいが、とにかく考え方が定まらない生き方から脱却しよう。


令和二年六月十四日。自治会長選挙当日。夜明け前の四時に和真は海に向かった。曲がりくねった暗い一本道に両側から海浜植物が迫っている。寄り集まった木や草が様々な生き物に見える。

和真は黒い木々の間から水平線の方角に目を凝らしたが、海と天空の境はわからず、悠久の時間だけが横たわっているように感じた。

海風に揺れ動くモンパノキやアダンの葉ずれの音がする。

台風の翌日、海に出かけた母の幻が目の前に浮かんだ。台風の余勢の突風に舞う砂を顔に受けながら母は死んだ浅瀬の魚を手づかみにしている。

沖縄本島の人たちがウタキ（御嶽）を壊さないように、赤嶺島の人たちも亀の精がいる限り最終的には絶対に亀岩を砕かないはずだと和真は強く自分に言い聞かせた。赤嶺島は所得が極端に低く、多くの村人は困窮している。しかし、村人のみならず、森羅万象の命の象徴の亀岩は何ものにも絶対に置き換えられないんだ。

本物の亀の精がどんな姿かたちをしているのか、どうしてもわからないが。神々しい高山でもなく、厳かな巨木もなく、ただひどくゴツゴツした岩肌の亀岩に崇高な亀の精が住んでいるとはふと思えなくなったりする。

亀の精は亀岩と人間の内面を行き来しているはずだ。村人みんなが亀の精になるべきなんだ。

咲子が言っていた「五穀豊穣、大漁、子孫繁栄」などは自治会長や村会議員や県会議員や国会議員にはできないかもしれないが、亀の精ならできる。

海浜植物の葉と葉の間から覗く夜空に星の光が見える。落ちた明かりが木の幹を青くしたり、赤っぽくしたりする。

赤嶺島の人は古から誰一人はっきりと亀の精を見ていないが、今、僕の前に現れる。このような気配が漂っている。

母の一周忌は十月十日だとふと思った時、昔、母から習った亀の精に呼びかける歌が……長い間忘れていたが……和真の口を開かせた。

「亀の精の男も女も、亀の精の親も子も、引き寄せて、抱き寄せて、胸ならせ、果報は海から、見よや、万人（うまんちゅ）、光の亀岩を」

ああ、母も生きている間にどんなにか亀岩に上りたかっただろうか。

淡い七色にも見える不思議な色が出現した。地表の紫色のほのかな明かりは徐々に白色に変わった。

浜を歩く裸足の足裏に心地よい刺激が走る。砂に混じった珊瑚の化石がギッギッと音を立てる。

あちらでもこちらでも何千年、何万年も風に吹かれ、波に洗れた薄く白い貝殻が透き通り、陽に光っている。

必ず亀岩に上り、僕は亀の精だと天下に表明する。

和真は耳たぶの長い老女の顔を思い浮かべ、つぶやいた。

「おばあさん、あなたはどこに行くのですか？　赤嶺島の西の海に亀の子を取りに行くのですか？」

しだいに耳たぶの長い老女の顔の輪郭が薄れた。ついに和真は耳たぶの長い老女の顔を、長い耳たぶさえ、思い出せなくなった。

追憶

追憶

今は令和二年だとか、私は子年生まれだとか、はわかっている。だが、歳は九十なのか、あるいは百なのか、わからなくなっている。何の仕事をしたのか、誰と結婚したのか、またはしなかったのか、子どもや孫は？　肝要な人生がすっぽりと記憶から抜け落ちている。

自分の腕を見た。褐色というよりは青黒く、老いたというよりは病気の皮膚に見える。小枝のように細いのに太い血管が浮かび上がっている。目は妙に輝いているが、目じりのしわは深く、頬はひどくこけている。もう長くはないと覚悟している。

ベッドのわきの車椅子に座った私は蒼いパジャマを着ている。太った、血色のいい老人なら若々しくも見えるだろうが、鏡の前の私は逆に老いがきわだっている。私は大きくあくびをし、深いため息をついた。何週間も前からようやく寝たかと思うと、すぐ悪い夢にうなされる。介護士のふくよかな中年の女は毎日のように「この冬を乗り越えると、持ち直します。カーミージーの海は春になると急に暑いぐらいに温かくなります」と私の額にやさしく手をおく。私は全く覚えがないが、この女にカーミージーの話をしたのだろうか。

港川にあるカーミージー（亀瀬）から一里ほどのところにずっと住んでいたし、今も二里ほど離れた介護施設に入所している。戦後七十五年間一度もカーミージーに行かなかった。一度でも行くと、景子と遊び回った思春期の思い出が壊れるとでも思ったのだろうか。

どこかの隙間から光が差し込み、つややかな白い廊下に伸びている。光の先に景子の幻が見える。最近は目を閉じた途端に少女の景子が鏡の前に現れる。目を開けると老いた私の顔や上半身が映っている。私はすでに死んでいるのではないだろうか。だから前世の出来事、自分の人生を忘れているのでは？　なぜか私の人生を介護士が覚えている。

「光一郎さんは三十年ほど前に公務員を定年退職しました。光一郎さんの同僚の多くは今は天国におわします」

この介護士の女は、あなたも早く天国に行きなさい、と暗に言っているのだろうか。

「光一郎さんは結婚歴はありません。兄弟はいません。お父さんは戦前に、お母さんは戦後、病死しました。極楽浄土におわします」

ああ、八十年前の少年の私は凛々しい美少年だったのに何がこうも私を変えてしまったのだ。景子は景子自体が美だ。どこが美しいというような美ではないのだ。私が景子を想起したからか、「景子さんが亡くなってから七十五年たちました」と介護士の女は言う。

「走馬灯のように無数の出来事が浮かぶと思っていたが……私は何のために七十五年も生きてきたのか、どう考えてもわからないんだ」

七十五年間私は本当に一度もカーミージーに行かなかったのだろうか？　たまらなく行きたかったはずだが……行くと「景子は自殺した。お前のせいだ」と誰かに言われやしないか、と恐ろしくなり、どうしても足が向かなかったのだろうか。縁もゆかりもない介護士の女に少年時代のカーミージーの話をした、とは自分でも信じがたいのだが、（少年のころからだと）八十年もほったらかしている景子にどうしても会いたくなっている。認知機能を回復させる療法なのか、私が何も訊かないのに、介護士の女は耳元に顔を近づけ、ささやくように、しかしきっぱりと言う。

「早世した景子さんの心の中には光一郎さんしかいらっしゃらないでしょう。いいですか、天が光一郎さんに与えた唯一のものは景子さんです」

介護士の女はいつも私を落ち着かせるように穏やかに言う。

「あなたは私をかわいそうに思っているのでは？　この世からたった一人の人を失った私を。あなたは恋を知らないでしょう？」と私は言った。
「誰でも恋をします。失恋もします」

夏の朝の海風は強かった。八十年前、少年少女の僕と景子はとばされないように麦藁帽子を強く押さえ、カーミージーの砂浜を歩いたが、少しの汗もかかなかった。波に洗われ、撫でつけられた真っ白い砂に落ちた景子の影が僕の影をどこまでもついてくる。僕たちの影は長く、小さく、だが、くっきりと濃く、よく動いた。僕たちは浜ユウナの木陰に座った。景子のこぶしほどもある十数の薄橙色の花が砂地に落ちている。僕は木に登り、生まれたばかりのような黄色い花を麦藁帽子一杯摘み、景子の横座りの膝に置いた。景子は微笑み、ありがとう、光ちゃんと言った。海浜植物の茂みを渡ってくる海風が景子の紺絣の、丈の短い着物をかすめ、三つ編みのほつれ髪をやさしく揺らしている。僕はなぜか誇らしげに背筋を伸ばし、笑みを浮かべた。僕たちは立ち上がり、波打ち際の純白の泡に足を濡らし、目を輝かせながら歩いた。景子は時々身をかがめ、桃色の小さい二枚貝の貝殻を拾った。しばらく歩き、またかがみ、同じ種類の貝殻を拾い上げ、僕に差し出した。僕は、ありがとう、景子と言った。この貝殻の身はどこに行ったのだろうか、とふと思った。僕も桃色の二枚貝の貝殻を見つけたが、なぜか手を伸ばさなかった。二枚貝の貝殻を寄せる潮水がやさしくさすり、僕の耳に聞こえるか聞こえないかくらいの音を立てる。僕たちは浜を歩きまわった。砂は柔らかく、細かく、深く、足のくるぶしも埋まった。僕は景子の目線の先を見た。紺碧の海面に光が乱反射していた。僕の目には白い無数の魚が跳ね踊っているように見えた。

毎日のように景子とカーミージーの亀の形をした大岩に登った。ある日、何かが音を吸い取ってしまったのか、辺り一面静寂に満ちていた。見渡す限りの海面が蒼い水を豊かに湛え、湖のように錯覚した。水平線の近くは白い横一直線の帯にしか見えないが、たぶん珊瑚礁の縁に激しく波が砕けている。僕はふと目を閉じ、永久に景子と一緒にこの美しい亀岩に登れますようにと天に祈った。空を見上げた僕を白光が射り、目が痛み、顔をしかめた。洋上に巨石群のような入道雲が浮かんでいた。とても重々しく、浮いているのが不思議に思えた。

浜ユウナが落とす黒い影の中に老人の私は座っている。白い開襟シャツの胸元にまだら模様の浜ユウナの影が落ちている。

景子の細く白い指が海風に乱れる黒髪を抑えている。顔色は砂のように白いが、僕の目の錯覚なのか、時々海水のように蒼くなる。景子は海風に飛ばされないように麦藁帽子に数個の小石を乗せた。

八十年前、景子と私はこの浜ユウナの木陰に座り、ずっと黙ったまま夢のような現のような時を過ごした。私の人生にこのような至福の時間は二度と訪れなかっただろう。

ある日、浜ユウナの花に糸を通した首飾りを景子からもらった。似たような首飾りを景子は自分の首にもかけた。白い首筋に初々しい浜ユウナの黄色の花が驚くくらいよく似合っていた。

車椅子に長い間じっと座っていてもさほど苦にはならないが、ひどく眠くなる。今昼寝をしてしまうと一晩中眠れなくなる。いつの頃からか車椅子になじみ、今ではベッドに横たわると背中や首筋が痛み、甚だしくけだるくなる。

少女の景子が岩陰に消えたと思ったら、いつの間にか介護士の女が私の足元に座っている。陽に薄く輝くゆったりした白いワンピースの裾……裾の先の両足は消えているが……がそよりと揺れる。

「光一郎さん、ずいぶん独り言を言っていました。天から聞こえてくるようなきれいな声でした」

「天国だと思ったが……ここは八十年前と同じカーミージー？」

「同じ潮風が吹いて、同じ海水が満ちて引いて、夜は同じ月の光が降り注いでいます」

「亀岩も？」

「荘厳な姿のままです」

亀岩は長年太陽と海水の恵みを受け、八十年前より若返っているように見えた。浜の植物も海も何もかも八十年前と変わらないのに……まだ自分でも信じられないのだが……美少年の私だけが老いさらばえてしまった。

「景子の夢を見た。八十年間ずっと魂を奪われていたのに、死ぬ前は一瞬しか思い浮かばないんだな」

幼馴染の、同い年の景子に恋心を抱いたのは少年期を過ぎた十四、五歳の頃からだろうか。あの頃から景子の顔をうつむき加減にしか見られなくなった。

海辺のかやぶきの家々は静まり返っていた。恋心と言うのは妙な不安も生じさせるのか、石造りの防波堤に干された漁網が干からびた生物の皮膚のようにこわばっている。ゴロ石を積み上げた石垣に沿うように血の色のカンナが咲いている。真っ赤な花の下に巻貝や二枚貝の殻が散乱している。短い命を嘆くように鳴き続ける蝉もだいぶ離れた雑木林にいるはずだが、景子の様子をうかがう僕の耳には景子の家の中から聞こえた。台所では景子がなぜか微笑みながら何かの皮をむいている。僕は何の約束もしていないし、姿も見せなかったが……僕の弁当だろうか。

介護士の女のふくよかな肉感が別の記憶を思い起こした。カーミージーの亀岩の近くを泳いでいる、美しい二十歳の景子の目には死期が迫った老人の私はどのように映るのだろうか。

泳いでいる水着姿の景子を青や緑の珊瑚が取り巻いている。珊瑚は水に透き通り、揺らめいている。波打ち際にいる僕は水をすくった。見た時はあまりにも水は蒼かったのに、手のひらの水は透明になっている。亀岩の上に生えている海浜植物の丸っぽい葉も細長い葉も揺れず、太い短い幹はびくともせず、巨大な入道雲も不動だが、景子だけが動き回っている。大きく水をかき、白い足を延ばし、水面をたたき、けり、思い切り泳いでいる。沖に向かい、浜に向かい、もぐり、浮かび……何度も僕に手を振った。僕は立ち上がり、両手を上げた。海面は盛り上がっているようにも見えるが、うねりにならず、ただ、渚に乗り上げ、引くとき、白い細かい砂がかすかに動いた。海の妖精のように体を濡らし、水から出てきた景子が僕に笑いかけた。僕も笑いを返したが、海面はまぶしく、景子の膨らんだ胸や白い手足にめまいを覚えた。

僕たちは砂浜を歩いた。景子は泳ぎ疲れてはいなかったが、僕は話しかけなかった。恋心の告白の前に無駄話など不遜だと思った。砂や水が諸々の音を吸い取るのか、僕の耳が上の空なのか、風が群生した海浜植物の葉を揺らす音も聞こえなかった。無声映画のような錯覚を覚えた。僕は何も言えず長い間黙った。景子はきれいな模様のモーモー貝を探し始め、見つけたモーモー貝を僕の手のひらに載せた。モーモー貝の花言葉……貝に花言葉と言うのも変だが……は「すぐ愛の告白を」ではないだろうか。これまでにも景子と僕はよく無口になった。無口になると景子がいくつもの童謡……どんな童謡だったか今となってはどうしても思い出せないが……を口ずさみ、私も唱和した。カーミージーは夏も冬も朝も夜も潮騒や木々のささやきが僕と景子をうっとりさせた。このような天が作った音の中から聞こえる景子の美しく、澄んだ、か細い歌声に僕はしばしば声を失った。僕は景子の手さえ握らなかったから一層強く景子に心をひきつけられた。

少女の景子が僕に両手をこね回し、何やら歌いながら走り寄ってくる。少年の僕も手を振った。景子は歌も踊りもやめず、近づいてくる。幸せすぎたのだろうか、不吉な予感が走った。景子が走る先の白い砂の中から鋭利にとがった珊瑚のかけらが突き出ているのが見えたような気がした。景子の足深く突き刺さり、砂に鮮やかな血がしみ込む……。

僕はあまりにも優柔不断すぎた。僕の後ろには戦場が暗い口を大きく開けていたのに……七十六年前二人きりの時、景子に一言でも恋心をささやこうとする衝動が何度も起きた。だが、自分を抑えた。幼少の頃からあまりにも一緒に遊びすぎた、清純な景子と結婚といえども男と女の関係になるなどとは想像さえできなかった。

徴兵検査が近づいていた。僕の目には敷き詰められたような海岸の砂利が生々しい白色の、新鮮な骨の色に見えだした。景子の白い顔色が妙に目立った。上空や珊瑚礁の原にはまだ白っぽい柔らかい光が漂っていたが、海浜植物の群生の底には迫ってきた闇がたまり始めた。涼しかった風も変にうすら寒い風に変わり、景子の黒い髪もわびしげに揺れ始めた。

カーミージーの亀岩の小さい穴々に溜まったわずかな赤っぽい土にしがみつくように生えた蔓状や短い丈の草が風に小刻みに揺れている。亀岩の下部に開いた二つの大きな穴に波が激しくぶち当たっている。僕と景子はじっと穴を見つめ、黙っていた。水に引き込まれたら二人ともひとたまりもなく、鋸歯の岩に突き刺さってしまう。夕日は荘厳な色をしていたが、次第にぼやけ、白っぽくぼんやりとしていた月が次第に静かな黄金色を帯びてきた。亀岩に登れば千里のかなたも見えると僕は思った。一瞬、一人寂しく戦死する予感に身震いした。景子と一緒なら鋸歯の岩に突き刺さってもいいと思った。

八十年前に景子と蟹を埋め、小さい砂の塚を作った。波打ち際だったが、今あの塚はどうなったのだろうか。一種の虫のしらせか、「数匹の白い小さい蟹が亡くなっていたので、わたくし、砂に埋葬しました。光一郎さん」と介護士の女が言った。私は介護士の女に「八十年前に死んだ蟹はもう生き返えらないのだろうか」と聞いた。

「死んだ蟹は成仏しました」と介護士の女は言った。

「私と景子は台風の後にもよくこの海に来た」

「前に聞きました」

「まだ風は強く、砂が顔に当たったが、私も景子も痛がらなかった。魚が浮いていた。浅瀬には身動きしない魚もいた。あんなに大きな魚が十歳そこらの私たちの小さい手のひらを跳ねまわったんだ。すごい生命力だ」

あの蟹たちは一体どこに消えたのだろう。寄せては引く悠久の波が海の果てに連れて行ったのだろうか。しかし、台風の後の魚は私たちの手のひらをはねた。生き返ったように思えた。太陽の日差しは強かったのだが、海浜植物は少しも萎えず、若芽を吹き出していた。海風には生命力が含まれているのだろうか。私が今吸い込んでいる潮風は何万里のかなたから吹いてくる。

昭和二十年、徴兵検査に合格した僕の前に現れた景子はしきりに身震いした。薄い膜がかかったような見開いた眼は目に見えない何かを見ているように僕は感じた。若く美しい白い顔が日増しに……数日のうちにどす黒いような青い色になった。

あんなに美しかった人が……七十五年後の私のように……頬はこけ、まぶたも落ち込んだ。あの頃、僕に僕の母親が「景ちゃんはめったに泣かない人なのに、庭の木立の陰からうちはそっと見たんだけど、目を真っ赤にはらしていたよ。一晩中泣いていたんだね」とささやくように言った。徴兵されたらもう自分の運命は自分ではどうしようもないんだ、と自分に言い聞かせたが、なぜ戦争になったのか、なぜ徴兵検査に合格したのか、憎んでも悔やんでも憎みきれず悔やみきれず、胸をかきむしった。

九十何歳かの今でも私の歯の先はとがっている。七十五年前、徴兵検査の後……出征後も、戦地でも……寝ている間に間違いなく歯ぎしりした。

出征の日、太陽の光が降り注いでいた。炎天下の景子の白い顔は赤みを帯びるはずだが、青黒かった。景子は僕を見つめた。半ば何かに哀願し、半ば何かを恨んでいるような光をためた目は次第にひどく物憂げなまなざしになり、涙が溢れた。景子が僕を嫌っている気配はみじんもないのに、僕は何も言えなかった。景子の心を僕は見抜いている。しかし、愚かな僕は、僕に人を見抜く力が本当はないのではないか、と疑ぐってしまった。僕は生来おとなしい気質ではあったが、景子に対すると極端に優柔不断になった。自分自身をだますつもりはないが、結局はだましていた。ああ僕は自分の性格を責めながら戦死してしまうのだろうか。目が異様にぎらついた兵士たちに囲まれたままこの世を去るのだろうか。戦場に行くのは僕なのに、僕を見送る景子が唇を震わせ、慄《おのの》いている。心配するな、景子と僕は内心言った。僕は無事に帰り、必ず景子に求婚し、手を携え、一緒に天寿を全うする。

私はどこの戦地に行ったのか、戦友は誰だったのか、何部隊だったのか、たぶん陸軍だったとは思うが、すべてが記憶から欠落している。

終戦まもなく景子の病死……食を断ち、自殺したのかもしれない……を知った。僕は……感情を表に出さない人間だと思っていたが……唇をかみしめ、耐えようとしたが、どうにもならず、切れ切れに笑い、金切り声を上げた。部屋の石油ランプを消し、思い切り泣いた。泣き声は板壁に反響した。

村八分にされようが、どのような刑罰を受けようが、私は戦争に行くべきではなかったんだ。景子の死を知った時、私は死のうとしたが、自分が死ぬとかけがえのない景子の面影が消えてしまう、と思った。

私は今、小石一つ、葉っぱ一枚、全部私と景子のものに思えるカーミージーから景子が私と一緒に静かに消え去ってくれるよう、心の底から祈った。

景子に肩を揺さぶられたと思ったが、目を覚ますと介護士の女が私の顔を覗き込んでいた。

「景子の悪いもんが探せたら、心が安らぐのだが、景子はいいもんしか残してないんだ。景子が一言でも許すと言ってくれたのなら私の魂は救われるのだが」

「景子さんは七十五年前に光一郎さんを許しています」

「……」

「景子さんと光一郎さんの美しい恋は世の中に二つとありません」

「景子は執念深くなかった、昔から。いや、執念深いのかな。七十五年後にやっと……七十五年もたったのに現れるんだから」

介護士の女は目に慈愛の色をにじませ、私の背中をさすった。

「どこをさまよっていたんだ。いや、さまよっていたのは私だ」

「光一郎さんのような奇特な人に深く思われたのですから、景子さんは早くに天国に召されたとはいえ、とても幸せです」

私は、どのような言葉なのか、自分でもわからないが、言葉が口の中を転がり、乾いた唇が動きかけた。私なのか、介護士の女なのか、よくわからないが、祈りに似た言葉をつぶやいた。

景子は本当にこの世に生きていただろうか。亀岩に伸びている、すぐ目の前の砂の中から私の思春期にふっと現れ出ただけではないだろうか。色は白く、肌艶がよく、顎もふんわりと細く、澄んだ大きい目や額にかかる豊かな黒髪が神々しさを醸し出していた景子はカーミージーの仙女ではなかっただろうか。

私の目は……自分でもよくわかるのだが……美しい夢を見ているような和みをおび、視線はカーミージーを超え、はるか遠くに注がれている。今誰とどこにいるのかわからなくなり、私の顔はかすかにふるえだした。介護士の女は私の耳元に顔を近づけ、「この世に光一郎さんと景子さんしかいませんでした」と言った。車椅子のひじ掛けを撫でても何の感覚も生じなかった。何分か、或いはもしかすると何十年か前、カーミージーの小石を手のひらに載せた時には確かな存在感を覚えたのだが。

いつもと違う高いびきが続いていた私は車椅子に座ったまま、小さく首をかしげた。永久に静かになったが、私は楽しい夢を見ているのか、笑みがまだ口元に漂っている。頬にほんのりと赤みが差し、目の縁はきれいな若々しい色になっている。夏の砂浜を覆った、珍しい白い大気の中から亀の形をした大岩が姿を現した。

巻末解説／又吉栄喜作品集「亀岩奇談」

又吉文学の魅力と魔力

大城貞俊

1

又吉栄喜の作品世界は一元的には括《くく》れない。多面的な題材とテーマに溢れている。固有性を持ち特異な作品世界を展開する。深刻なテーマを取り上げながらもどこかユーモラスである。作者の視点は足下の沖縄を見据えながら頭上の世界をも見つめている。寓喩とユーモア、風刺と諧謔、過去と現在、彼岸と此岸、デフォルメされた物語と人物が織りなす作品世界は又吉文学の魅力になっている。

又吉栄喜の作品の系譜には三つの大きな潮流があるように思う。一つは沖縄のアイデンティティーや自らのアイデンティティーを模索する視点と重ねながら、伝統文化や生き方を新しい視点で織りなしていく作品群である。芥川賞受賞作品「豚の報い」がそうであろう。この作品で縒り合わされたものは「マブイ（魂）」や身近な「豚の効用」や「ウタキ（御嶽）」などの存在である。

二つ目は沖縄戦の悲惨さや記憶の継承のあり方を課題にした作品群だ。顕著な例に「ギンネム屋敷」が挙げられる。この作品には八方塞がりないくつもの人間模様が描かれる。共通して言えることは、戦争によって刻まれた記憶から逃れるためにもがく弱者の姿であり傷ついた人間の姿である。戦争が終わればすべてが終わるのではない。修復することの困難な肉体と精神を抱いて戦後を生きるのだ。だれもが悲惨な戦争の記憶から逃れる方法を模索し呻吟している。人間を破壊する戦争というシステムと、戦争で狂気に走った人間の姿。この姿を通して隠蔽される記憶と解放される記憶のせめぎ合いを描いた作品であろう。

三つ目は沖縄に米軍基地あるがゆえに、基地被害や米兵との愛憎を描いた作品群である。「ジョージが射殺した猪」などがこの系列に挙げられよう。作品の斬新さは、基地の中の兵士を強者としてステレオタイプに描くのではなく、自明として疑わなかったこの常識を反転させたことにある。心優しいジョージが老人を射殺するほどに変えられていく軍隊の有する狂気を明らかにしたことにあるだろう。

もちろん又吉栄喜のすべての作品がこの三つのカテゴリーに分類されるわけではない。枠組みを逸脱する多様な題材やテーマを有した作品も多い。またこれらの項目を同時に有した作品も数多くある。ただいずれの作品にも共通する特質は、デフォルメされた弱者や物語を展開しながら脱出の光明を探る道筋を示してくれていることだ。困難な状況の中でも希望を示してくれているのだ。人間を愛おしみ、人種や性別、地位に関係なく公平に描き、個の作品を普遍的なテーマを持った作品に作り上げているのである。

それゆえに又吉栄喜の作品を読む楽しさの一つは、デフォルメされた物語や人物をどのように把握するかということにある。登場人物を身近な人物に想定したり、自らの内面に潜んだ欲望や希望を解き放って重ねてみたりする。或いは示された作品世界を寓話として読み取り、現在の社会を照らす鏡にしてみる。するとユーモラスな表現は、他者を受け入れ自らを許容する優しさと深みを持って立ち上がってくる。作品の示す希望への隘路《あいろ》は私たちの救いにもなるのだ。この特質は私たちを虜にする魔力にもなるのである。

2

本書に収載された「亀岩奇談」も、又吉文学の魅力と魔力が遺憾なく発揮されている。展開される物語も人物も、現在の寓喩であり、辛辣な批評である。主人公和真の逡巡と混乱は私たち自身の欲望と希望のデフォルメされた姿でもあるのだ。

和真は軍用地主である。働かなくても多額の収入がある。働く意欲も生きる意味も喪失した若者だ。和真は周りの人々に言い寄られ利用され翻弄される。ところが、やがて軍用地主という枷を外れて輪郭が曖昧になり孤独な一個の人間として浮かび上がってくる。和真を利用する側も利用される和真も、何が目的か、何が正義か、何が嘘か真実か分からなくなる。幾つもの世界や価値観が重畳《ちょうじょう》して現れる。自然と人間、開発と未来、辺野古と沖縄戦、政治とカネ、聖なるものと俗なるもの、等々複雑な世界がデフォルメされて、小さな架空の島、赤嶺島で展開されるのだ。シンプルに戯画化された物語や人物には多様な物語や多様な人物が凝縮されている。それゆえに深く広い物語を象徴するのだ。

私たちは和真と共に悩み、和真と共に漂流する。生きる意味を見失った和真を主人公にして赤嶺島で展開される自治会長選挙を作品のプロットにしたこの物語は、いつしか沖縄の有する土着の信仰や文化と、それを破壊する外部の力の衝突と拮抗を描いた世界を象徴する。外部の力とは現代そのものであり現代の理不尽な力だ。具体的には選挙に象徴される政治の力であり、金銭に翻弄される人間の強欲である。土着の信仰や文化とは「亀の精」に象徴される沖縄の宗教や精神世界であろう。和真は自らの内部に「亀の精」を発見し、自らも「亀の精」と化するのだが、和真の戦いはこれからが本番であろう。だが希望はある。光明は示されているはずだ。

又吉栄喜は人間が愛おしいのだろう。限りある命をあらかじめ背負っていながらも、人間はこの運命に抗い、時にはこのことを忘れて、泣き、笑い、怒り、悲しみ、そして騙し合うのだ。又吉栄喜はこの庶民の姿を放さない。容易に批判することもない。私たちは、いつしか和真と共に、悩み多き此岸から希望のある対岸へ辿り着いている。

ところが振り返ってみると、対岸へ辿り着いたのは自力であったのか、得たいの知れない何者かに導かれたのか、小舟を漕いで来たのか、泳いで来たのか、また客船で来たのか釈然としない。なんだか此岸に忘れ物をしてきたようでもあるし、再び此岸に戻って来たようにもある。この「何か」を考えさせる不思議な読後感が又吉文学の魔力である。

3

又吉栄喜の多くの作品が示しているものは、人間の存在もまた多面的であるということだろう。この認識が又吉文学の魅力や魔力を生みだす根源にあるように思う。幾人もの人物をデフォルメした登場人物はそれこそこのことを示している。時には自然さえ戯画化され愛情の対象となるのだ。

二〇一七年十月発行の『うらそえ文藝』は又吉栄喜特集を組んでいる。そこに収載されているインタビュー「又吉栄喜の原風景」はとても興味深い。この中で、又吉栄喜は自作について次のように語っている。

私はどっちかというと家庭の風景、あるいは恋愛関係、そういう要するに日常にあるドラマを書くというより、何か社会性とか世界性とかね、時事性とか、そういうインターナショナルなものが入り込むような空間を好んで書いてきたような気がします。日常を書いても、例えば『豚の報い』でも、ホステスと男子大学生が厄落としとしての旅に出るストーリーなんですが、その四、五日間で書きたかったものは、豚を通して、あるいは祈りを通して、ずっと奥に沈み込んでいる沖縄の千年間の空間というか、時代というか、そういうのなんですよね。ですから時間的にも空間的にも広くて深いものに興味がありますね。それは大学で歴史を特に世界史を学んだことが無意識に染み込んでいるのかなと思うんですけどね。

（中略）いずれにしても、作風とか、テーマとか、表現方法とか、人物の造型とかは、変わっているかも知れませんが、本質は先ほど言いましたように沖縄の深いものを掘り出してアジアとか世界に広げたいという、そういう何といいますか、覚悟というか、視点の取り方というか、そういうのは全く変わりません。

又吉文学の特質は視点を変えればさらに数多く浮かび上がってくるだろう。これらは同時に沖縄文学の可能性をも示すものだ。

沖縄の土地には、先の大戦の悲劇が数多く埋もれている。この土地に埋没し隠蔽された記憶を呼び起こし、死者たちの声を聞くことは沖縄文学の可能性の一つを示している。このことは文学の成し得る普遍的な営為に繋がるはずだ。唯一無二の物語がここから紡がれる。

又吉文学に持続されるテーマは、このことと無縁ではない。作品世界で示唆される「救い」や「希望」は、「自立」を模索する沖縄文学の大きな課題でもある。政治に翻弄される沖縄の社会では、政治に対峙する文化の力や言葉の力が常に試される。自らを麻痺させることなく、人間の自立や文学の自立を求めることは表現者の永遠のテーマである。自由や自立こそが古今東西の表現者が追い求めてきた課題であろう。

又吉文学に登場する人物は不可解な言動をとる。しかし、矛盾を抱いた予測不可能な人物の言動にこそ希望を求める多くの可能性が秘められているのだ。作者の意図もここにあるように思われる。

さらに言えば、又吉文学には寛容さがある。困難な時にも泰平な時にも人間は生きている。この常態を慈しみながら、又吉文学は貴重な命を掬い取っているのである。

「著者略歴」又吉栄喜

1947年　沖縄・浦添村（現浦添市）生まれ。琉球大学法文学部史学科卒業。1975年「海は蒼く」で新沖縄文学賞佳作。1976年「カーニバル闘牛大会」で琉球新報短篇小説賞受賞。1977年「ジョージが射殺した猪」で九州芸術祭文学賞最優秀賞受賞。1980年「ギンネム屋敷」ですばる文学賞受賞。1996年「豚の報い」で第114回芥川賞受賞。著書に「豚の報い」「陸蟹たちの行進」「巡査の首」「鯨岩」「夏休みの狩り」「ジョージが射殺した猪」「仏陀の小石」など。南日本文学賞、琉球新報短篇小説賞、新沖縄文学賞、九州芸術祭文学賞などの選考委員を務める。2015年に初のエッセイ集「時空超えた沖縄」燦葉出版社を刊行。
映画化作品／「豚の報い」（崔洋一監督）「波の上のマリア」（宮本亜門監督「ビート」原作）翻訳作品／フランス、イタリア、アメリカ、中国、韓国、ポーランドなどで「人骨展示館」「果報は海から」「豚の報い」「ギンネム屋敷」等

カバー画：高島彦志作品集「南風の記憶より」
カバーデザイン：群馬直美（葉画家）

亀岩奇談

2021年6月30日　初版第1刷発行

著　者　又　吉　栄　喜
発行者　白　井　隆　之

燦葉出版社　東京都中央区日本橋本町 4-2-11
電　話　03(3241)0049　〒103-0023
発行所　F A X　03(3241)2269
http://www.nexftp.com/40th.over/sanyo.htm
印刷所　日本ハイコム㈱